DREAMBOOKS

DREAMBOOKS

DREAMBOOKS

의원강호 醫員江湖

기공흑마 신무협 장편소설

ORIENTAL FANTASYSTORY & ADVENTURE

dream books
드림북스

의원강호 4

초판 1쇄 인쇄 / 2015년 7월 16일
초판 1쇄 발행 / 2015년 7월 23일

지은이 / 기공흑마

발행인 / 오영배
책임편집 / 편집부
펴낸 곳 / (주)삼양출판사 · 드림북스

주소 / 서울시 강북구 도봉로 173
대표 전화 / 02-980-2112 팩스 / 02-983-0660
편집부 전화 / 02-980-2116 팩스 / 02-983-8201
블로그 / blog.naver.com/dreambookss

등록번호 / 제9-00046호
등록일자 / 1999년 3월 11일

ⓒ 기공흑마, 2015

값 8,000원

(주)삼양출판사 · 드림북스의 서면 허락 없이는 어떠한
형태나 수단으로도 이 책의 내용을 이용하지 못합니다.

ISBN 979-11-313-0234-7 (04810) / 979-11-313-0216-3 (세트)

* 지은이와 협의하에 인지는 생략합니다.
* 잘못된 책은 구입한 곳에서 바꾸어 드립니다.

이 도서의 국립중앙도서관 출판시도서목록(CIP)은 서지정보유통지원시스템홈페이지
(http://seoji.nl.go.kr)와 국가자료공동목록시스템(http://www.nl.go.kr/kolisnet)에서
이용하실 수 있습니다. (CIP제어번호: 2015019226)

의원강호 4

기공흑마 신무협 장편소설

ORIENTAL FANTASYSTORY & ADVENTURE

dream books
드림북스

목차

第一章 시작하다 … 007

第二章 서서히 퍼지다 … 031

第三章 그녀, 움직이다 … 049

第四章 그녀, 오게 되다 … 067

第五章 움직임이 생기다 … 087

第六章 움직임의 결과들 … 107

第七章 그녀들…… … 127

第八章 오랜만에 찾다 … 147

第九章 날벼락인가? … 167

第十章 유비소환(有備小患) … 185

第十一章 한판 붙다 … 207

第十二章 확신이 서다 … 231

第十三章 한 보 내딛다 … 249

第十四章 완성이 되다 … 267

第十五章 시일이 흘러가다 … 285

第一章
시작하다

"기화를 시킨다. 이 간단한 것을 위해서는 꽤나 복잡한 수순이 들어가게 되는 거지요. 금속도 유리도 필요로 합니다."

"기화라…… 그런 개념 자체가 처음이기는 합니다만은…… 지금까지로 보면 맞는 말이겠지요. 망원경도 그러했으니."

한춘석은 심내가 복잡한 듯했다.

하기야 운현을 만나고부터 생전 처음 듣는 것들이 한두 개던가. 당장에 수술 도구만 하더라도 생각지도 못한 도구들이었다.

망원경이라는 것에 사용된 개념도 처음이었으며, 온갖 복잡한 것들을 보면 운현이 어디 신세계에서 온 자가 아닐까 싶을 정도였다.

그런데 이번에도 전에 없던 것을 또 새로 만든다고 하니, 내심이 복잡할 수밖에 없었다.

장인이라 불리며, 장인에 어울리는 능력을 가진 자신이 모르는 것을 의원인 운현이 더 잘 알고 있는 것에 대한 내심이었다.

질투 따위와 같은 하류의 감정이 아니었다. 장인으로서 신세계를 본 것에 대한 복잡함이었을 뿐이다.

"우선 인력을 만드는 거야 생각보다 쉬울 겁니다."

"그렇겠지요. 말씀하신 대로라면 수력으로도 되고, 그도 안 되면 우력(牛力)을 써도 될 테니……."

"하핫. 역시 이해가 빠르시군요."

"그게 가능할까는 싶습니다만 틀리실 리는 없으니…… 시도는 해봐야겠지요."

"예. 얼마나 걸릴 듯합니까?"

"으음…… 귀한 금속이 쓰이지는 않지만 시간이 걸리긴 할 겁니다."

"그렇습니까?"

"예. 혼자 많은 양을 만들고, 오랜만에 제련법을 살피려면 제법 시간이 걸릴 듯싶습니다."

무슨 일이든 그러하겠지만 이왕이면 빠르게 하는 것이 좋았다.

"혹여 인력이나 돈이 더 필요하시면 언제나 말씀하셔도 됩니다. 그것을 위해서 돈을 번 것이니까요."

운현의 말에 그는 고개를 저었다. 운현의 말에 동의치 못하겠다는 뜻이었다.

"돈은 의원님이 의방에 쓰는 돈이면 될 겁니다. 의원님의 방식은 저도 이해하는 바입니다. 하지만……."

말이 길어져서인지 그가 한 번 숨을 고른다.

"저는 저의 방식이 있습니다. 허술해 보일지도 모르고, 고집만 세 보일지도 모르겠습니다만……."

"……."

대답은 바라지 않던 것인가.

그가 지금껏 해 온 그 어떤 이야기보다도 긴 말이 이어졌다.

"장인으로서 이번 일은 저 홀로 해 내고 싶습니다. 결과가 조금 느려진다 할지라도, 조금 욕심을 내보고 싶습니다."

그의 진지함에 운현마저 진지해져서 물었다.

"생각해 보면 원리도 별거 아니며, 의외로 만든 결과물이 별거 아닐 수도 있습니다. 그래도 괜찮으시겠습니까?"

"하핫. 과연 별거 아닌 것이 될지는 모르겠습니다만은. 설사 그렇다 하더라도 하는 게 장인 아니겠습니까?"

"으음…… 그런 것입니까."

"예. 그런 것이죠. 몸 한 구석이 이렇게 망가지고, 일가 피붙이가 없어지고도 남은 욕심이라고는 작업이라는 것뿐이니. 작업에 욕심을 내는 것이겠지요."

그런 것인가. 하기야 그런 정신이 있기에 현대에 이르러서까지 장인 정신이라는 말이 계속 남을 수 있었던 것이겠지.

효율을 말하는 시대에 비효율이라는 것에 목을 맬지라도.

지름길을 두고 조금 더 어려운 방식을 사용할지라도 그것이 자신의 방식이라면 사용하고 마는 것이 장인이지 않던가.

그가 이야기하는 것도 이해가 갈 만했다.

비록 사용되는 원리는 운현으로부터 빌린 것일지라도, 실제 만드는 것은 온연히 그 자신의 손으로 해내려 고집을 부리는 것이리라.

'이렇게까지 말을 한다면야……'

결국 비효율적인 방식이라고 하더라도 져줄 수밖에 없지 않겠는가. 그는 무슨 수를 쓰더라도 잘 해내 줄 것이다.

"맡기겠습니다. 이번만큼은 제가 넘어가지요."

"……감사합니다."

장인 한춘석. 그답지 않은 공손한 태도로 운현에게 고개를 숙여 보였다. 그의 진심이었다.

　　　　＊　　　＊　　　＊

　'의료 기구부터 이것저것 예정보다 늦어질 것 같기도 하지만……'

　왠지 나쁠 것은 없는 기분이었다. 거리감이 느껴지기만 하던 한춘석으로부터 진심을 보았기 때문이리라.

　"흐음…… 특유의 연성 때문에 시간이 걸리긴 할 거 같았으니까. 아무래도 상관이 없으려나."

　지금까지 잘해 왔던 한춘석이니, 믿고 맡기면 생각 이상의 결과를 가져다 줄 것이 분명했다.

　그러니 자연스레 그가 지금부터 해야 할 일은, 한춘석에게 맡긴 물건이 아니라 의방에 대한 집중이 먼저였다.

　하오문을 통해서 의원들도 데리고 왔으니 그들에 대한 교육도 제대로 해야 할 것이고 규모를 키우기 위해서 돈도 더 벌어들여야 할 것이다.

　굳이 새로운 것이 아니더라도 해야 할 일이 많았던 처지인 자신인 것이다.

　"흐음…… 의원을 모아도, 그를 받쳐주는 여러 가지가 부족하긴 하겠구나. 하나씩 해봐야겠지."

　일을 벌이면 벌일수록 일이라니. 현대였던 전생이나 지금이나 다를 것도 없다고 툴툴거리면서도 부지런히 움직이는 운현이었다.

"운현이니? 지민도 왔구나."
"예."
"예."
"어머…… 이제 막 식사를 할 참이었는데, 잘 왔구나."
"자리는 있는 거죠?"
"아무렴!"
바쁜 와중에서도 식사만큼은 함께 하기를 바라왔던 이후원이다. 그만의 가족에 대한 애정 표현이랄까.
하지만 바람과 현실은 항상 같이 하기만은 힘들지 않던가.
표국이 확장되면서 이후원은 이후원대로 바쁘며, 의방 일에 매진하고 있는 운현은 운현대로 바쁜 상황이다.
게다가 위로 있는 두 형들까지 무당에 간 지 꽤나 시일이 지난 덕분에 가족의 시간은 단란하다 못해 단출해졌다.
어머니인 정미는 남편인 이후원을 배려하여 이후원의 집무실까지 찾아가 같이 밥을 먹곤 하지만, 어디 무신경한 운현이 그렇게까지 하겠는가.
덕분에 꽤 오랜만에 세 명인 가족이 함께 모여서 식사를 하게 되었다.

"허헛. 오늘은 제때에 왔구나?"

"집밥이 있으니까요."

"누가 보면 평소 챙겨주지 않은 줄 알겠구나. 네가 찾아오지 않았을 뿐이지 않더냐. 허헛."

"그거야 그렇긴 하지요. 하핫."

소소한 대화.

별 내용이 없는 대화지만 나쁘지만은 않은 대화며 분위기였다. 단란했다. 침묵을 하고 있는 장지민마저도 작게 미소를 지을 만큼.

식사 시간이 끝나고도 이어진 가족끼리의 대화로 짧은 시간이 흘러 지나가고, 일찍 잠을 청하는 장지민이 나가고 난 뒤.

그제서야 두 부자는 둘만의 시간을 가질 수 있게 되었다.

"흐음…… 무언가 청할 것이 있는 것이겠지?"

"하핫. 눈치채셨나요?"

어설픈 웃음을 지으며 이후원을 바라보는 운현이다.

표국이 성장해 나가는 만큼, 중후함 또한 깊어진 것인지, 그는 이미 운현의 속내를 다 안다는 듯한 태도였다.

"허헛. 평소라면 새로 들어 온 의원들이라도 챙길 시간이 아니더냐? 그럼에도 이곳에 시간을 할애하는 것을 보면 알

만하지."

가족에게 소홀했던 것인가. 벌인 일이 많았으니 그 점은 어쩔 수 없었던 운현이다.

"……그 부분은 죄송합니다."

"아니다. 네가 사고를 친 것도 아니지 않느냐. 사내가 바깥일을 하다 보면 그럴 수도 있지. 잘하고 있다."

"……감사합니다."

전에는 부끄러운 듯 운현에 대한 칭찬을 자주 하지 않던 이후원이다. 그런데 지금에 이르러서는 쉽게 칭찬을 해주곤 했다.

칭찬을 해 준다 하더라도 거만해지지 않을 운현이라는 것을 알고 있기 때문이리라.

아버지에게 인정을 받는 것만큼, 아들에게 기쁜 것이 또 있으랴. 괜스레 미소가 지어지는 운현이었다.

"그나저나, 네가 이 아비에게 바랄 것이 딱히 있겠느냐? 의원도 모였고, 무슨 일을 벌이든 자금도 승정환으로 충분할 터인데?"

"그 둘이야 지금 당장은 충분하기는 합니다. 지금 모인 의원 몇을 건사하는 것이야 충분하긴 하지요."

등산현으로 한정지었을 때, 운현이 승정환으로 벌어들이는 돈은 어마어마하다.

당장에 옆의 현에서도 찾아 올 정도이니 이대로라면 현에서 손꼽히는 거부가 되는 것도 시간의 문제일 따름이다.

하지만 일을 크게 꿈꾸고 있는 운현으로서는 그로써 만족할 수가 없었다. 아버지 또한 그것을 눈치챘다.

"당장은 충분하다라. 흐음······ 앞으로를 보는 것이로구나? 흐음······."

"예. 현에 큰 의방 하나를 만드는 것으로 끝낼 생각은 없었으니 말이지요."

여행을 다니며 보았던 현실이 있다. 그 현실을 작게나마 바꿀 능력이 있다. 그러니 나설 생각인 운현이다.

단순히 현 하나가 아니라, 가능한 만큼. 넓은 범위로 일을 벌이고 싶은 운현이었다. 그게 운현의 생각이며, 진심.

헌데 이후원은 아버지이기에 할 수 있는, 작은 오해를 하였다.

"허허. 전에 이 아비가 도와 달라 말한 것이 많이 부담이 되었나 보구나."

"예?"

"강시의 일을 전해주지 않았더냐. 그 일이 있은 후로······ 이 못난 아비가 네게 도움을 청하기도 하였었고."

"아!"

예전에 그런 대화를 하기는 했다.

강시가 등장하고, 공물행을 상대로 산적이 날뛰었다. 토사곽란이란 전염병도 돌았다. 모두 난세가 다가오는 전조였다.

그러니 난세를 헤쳐 나가기 위해서 못내 미안해하며 아들에게 도움을 청했던 이후원이다.

'그것을 마음에 두고 계셨던 것일까……'

도움을 청하실 때도 어려워하시더니, 그것을 끝내 부담을 지우는 것이라고만 생각을 했던 듯하다.

하기야 부모님의 마음이란 것이 그런 것 아니겠는가.

자신은 백을 주고 자식에게는 단 일(一)을 바람에도 미안해하는 것이 부모인 것이다.

운현은 작은 오해를 풀어야 한다 느꼈다. 이런 오해는 쌓이면 쌓일수록 좋을 것이 없었다.

"아버지. 그런 일은 아닙니다. 그런 것으로 부담감을 느낄 리가요."

"허허…… 아니다. 이 아비도 아비 나름으로 표두들과 준비를 하고 있으니…… 너무 부담감은 가지지 않아도 된단다."

"아닙니다. 자식이 부모님을 돕는 것은 당연한 도리 아닙니까? 그것에 부담을 느낀 적은 없습니다."

"……허허."

그런 건가? 아들이 자신에게 보여주는 진심에는 한 점의 거짓도 없는 듯하다. 올곧은 진심이다.

'미안하구나.'

허나 때때로, 이후원은 자식인 운현을 볼 때면 자신의 부족함을 자책하곤 했다.

천재 같은 자신의 아들이 아닌가.

자라면서 그 흔한 사고 하나 치지 않던 아들이다. 의술은 물론이고, 또래에 비해서 무공에도 그리 부족하지만은 않다.

게다가 전염병 치료에 공을 세운 덕분에 명성은 더욱 드높은 아들이다.

자신이 부족하다고 느끼며 산 적은 없지만, 때로 막내아들을 바라볼 때면 왠지 모르게 작아지는 느낌이 들곤 하는 이후원이었다.

지금의 집안보다 더 나은 집안, 오대세가, 구파일방. 그도 아니면 지역에 이름난 중소문파의 자식이라도 되었더라면……

자신의 막내아들은 더 훨훨 날 수 있지 않았을까?

하는 생각이 들곤 하는 것이다.

때때로 높은 재능을 가진 자식을 뒷받침 해주지 못할 때 나오는 그런 서글픔이었다.

"미안하구나."

"아버지. 아버지께서 미안하실 일은 단 한 점도 없으십니다. 제게는 누구보다 자랑스러운 아버지신 걸요."

"커흠……."

갑작스레 빠진 감상과 멋쩍음에 헛기침을 하여 보지만 이미 분위기는 꽤나 정적인 상태였다.

물론 나쁜 의미로서의 분위기는 아니었으나, 적당히 화제를 돌려야 할 필요성을 느낀 이후원이었다.

"그나저나 오늘 이야기를 하려고 하던 것이 무엇이었더냐?"

"아. 다름이 아니라 승정환 때문에 그렇습니다."

"승정환 때문에?"

"예."

"소문이 자자한데…… 파는 데 문제가 있을 리는 없겠고. 혹여 재료 수급에 문제라도 있더냐?"

"그럴 리가요. 현의 약초꾼들 모두가 잘 도와주셔서 당분간 재료에는 문제가 없을 겁니다."

"허허. 그렇담 다행이구나."

약초꾼의 아들을 치료해줬던 운현이다. 덕분에 약초꾼들이 운현에 대해 가진 호감은 꽤나 높은 편이지 않던가.

그들도 사정이 있어 공짜로 준다거나 하지는 못하지만, 상등품이 있으면 가장 먼저 가져다 줄 정도다.

그런 상황에 재료가 모자랄 리는 없었다.

"그럼 무엇이 필요한 것이더냐? 네가 잘 생각해서 왔겠으나…… 표국에서 도울 일이 무엇인지는 잘 모르겠구나?"

"승정환을 팔아주셨으면 합니다."

"승정환을?"

"예. 가벼운 데다가, 환으로 만들어서 보관이 어렵지는 않은 승정환이지 않습니까?"

"그건 그러하지."

괜히 환으로 약을 만든 것이 아니다. 환으로 만들었기에 약의 유통기한이 길어지는 것은 당연했다.

다만 문제가 있다면.

"물량이 충분히 있더냐?"

"처음이야 부족하기는 했지요. 남는 것을 표사들에게 주고 나면 거의 남지 않을 정도였으니까요."

"그래. 이 아비도 그리 알고 있었다."

"하지만 숙련도가 오르니 이야기가 다르게 되더군요. 지민도 잘해 주고 있고, 의원도 몇 오게 되었으니까요."

"흐음…… 긴말할 것 없이 요는 생산량이 늘기는 했다는 거구나?"

"예. 사람들이 정력제면 죽고 못 살긴 하지만…… 현의 인원만으로는 한계가 있으니까요."

"한계라. 듣고 보니 그럴 만도 하구나."

결국 인구수의 문제다.

굳이 현대의 방식이 아니라 수제로 생산을 한다고 하더라도 계속 생산하다 보면 숙련도가 오르는 것은 당연했다.

게다가 의원 몇이 투입됨으로써 생산을 하는 자들까지 늘어나게 되니 생산량이 크게 늘어나는 것은 당연한 일인 터.

하지만 이것을 구입하는 현의 사람들이 생산량이 늘어난 만큼 늘어날 리가 없지 않은가. 사람은 만들어지는 게 아니니 말이다.

"흐음…… 그래서 표행에서 팔아달라고 말하는 것이더냐?"

"예."

"꽤 많은 상가들이 다녀가기는 했을 텐데? 그 사람들에게 팔아도 충분히 이문이 남지 않겠더냐?"

역시 자신의 아버지 이후원은 이런 이야기에서 그냥 넘어가는 법이 없었다.

표행에서 팔게 되면 이득이 남게 되고, 이득이 남게 되면 그것으로 될 텐데도 굳이 이것저것을 물어본다.

언제나 그러하듯, 이야기가 진행되면서 아버지로서 아들 운현에 대한 교육도 겸하고 있는 의도가 있는 것일 게다.

대화를 하면서 가르치는 것. 그게 이후원의 교육 방식이었다.

"물론 상가, 상단들에 넘기게 되면 그건 그거대로 이득이 남긴 할 겁니다."

"그럴 것이다. 이문은 좀 적어질지 몰라도, 편히 판매를 할 수 있을 것이 분명하다."

"확실히요."

괜히 이 시대에 상가가 있는 것이 아니고, 그들이 운용하는 꽤 큰 규모의 상단들이 있는 것이 아니다.

'실크 로드 같은 게 있는 게 괜히 있는 게 아니지.'

그들은 꽤 규모도 큰 데다가, 그들만의 노하우도 오랜 시간 축적해 왔을 것이 분명하다.

그런 상가 같은 곳에 승정환을 넘기게 되면, 아무런 위험도 없이 적당히 이문을 남기는 것도 가능했을 거다.

하지만 이후원의 표행에 물건을 맡기게 되면 이야기가 다르다.

"너도 알다시피 표행이라는 것은, 정기적이지가 않다. 매년 있는 공물행과는 다르지."

"확실히 그렇지요."

"그러니 승정환을 판다고 하더라도, 항시 정기적으로 팔 수가 없다. 또한, 우리가 상인은 아니다 보니 제값을 받을 수 있을지도 모를 이야기다."

시작하다 23

이후원의 말과 같은 문제들이 생기게 되어 버리는 것이다.

물건을 팖에 있어서 정기적으로 파는 것과, 제값을 받아야 하는 것은 당연한 이야기지 않은가.

현대처럼 정찰제가 있는 것도 아니고, 적당한 흥정도 있어야 했다.

말이 쉽지 이런 문제는 꽤나 큰 문제가 되는 법이다. 소설처럼 쉽게 되는 것이 아닌 것이다.

하지만 이후원의 말에 운현은 자신이 있었다.

"다른 물건을 파는 것이라면, 문제가 되겠지요."

"다른 물건들이면 그렇다라. 승정환은 다르다 생각을 하는 것이더냐?"

"예. 우선 승정환의 경우에는 아까 말씀드린 대로 환이기 때문에 보관도 용이하지 않습니까?"

"그렇지."

"그러니 멀리 가지고 가더라도, 상한다거나 할 문제는 없다 이거지요. 게다가 약이다 보니 크기도 작아 이동도 용이하지요."

"흐음…… 그건 그러하다. 표행에 가져간다고 하더라도, 무리가 없기는 할 것이다."

그가 팔려는 것은 곰 가죽 같은 물건이 아니다. 곡물은 더더욱 아니다. 그러니 쟁자수들이 조금씩 나눠들면 문제도 안

생길 거다.

쟁자수를 믿을 수 없다손 친다면, 이후원이나 표두들이 직접 상자 하나쯤 챙기는 것이야 일도 아니다.

"그러니 상행에 대한 어떤 경험이 없다고 하더라도, 운반하는 것에는 문제가 없을 겁니다. 사실 운송이란 게 표국이 가장 잘하는 일이잖아요? 하핫."

"그렇지. 그러니 표국이 먹고 사는 것이니까."

"예. 그러면 이야기는 다 끝나게 되는 겁니다."

확신 어린 운현의 말에 이후원이 잠시 이마를 찡그린다.

"허어. 운반이야 그렇다 치고 넘어가자꾸나. 하지만 아까 말했듯이, 운반이 아니라 판매가 문제가 아니더냐. 이 아비는 상인이 아니다."

"상인이 아니셔도 상관이 없습니다. 승정환은요."

"흐음?"

"부끄럽기는 하지만 이미 호북에서는 알 만한 사람은 절 알지 않습니까?"

"그건 그러하지."

호기신의로 크게 소문이 난 운현이다. 호북성을 넘어 주변 몇몇 성에서도 운현을 알아보는 자들이 있을 정도다.

"그런 제 이름을 걸고 판매를 하면, 되는 겁니다."

"허어…… 이 아비가 지금까지야 등산현 내의 문제이니

넘어갔다지만, 그렇게 판매를 하게 되면 네 이름에 먹칠을 하는 것이 될 수도 있다."

명예란 때로 무인에게 목숨과도 같은 것. 비록 의원의 길을 가겠다 말한 운현이지만, 무공을 익히기도 한 무인이다.

그런 무인이 정력제를 판다고 한다니.

호사가들이 비웃을지도 모를 일이다. 이후원의 말대로 명예에 먹칠을 하는 것이 될 수 있는 것이다.

하지만 운현은 단언을 하듯 말했다.

"상관없습니다."

"상관이 없다고? 아들아. 때로, 명예란 것은 그 무엇보다 중요한 것이 되는 것이다."

"예. 알고 있습니다. 하지만 그 명예라는 것만 버리면……한 명, 두 명이 아니라 수없이 많은 사람을 살릴 수 있게 됩니다. 제 명예 하나만 버리면 말이지요."

돈을 벌고자 약을 파는 것이 아니었던 것인가? 자신의 명성 하나를 버리는 것으로 사람을 살릴 수 있다니?

"그게 무슨 말이더냐?"

"제 이름을 걸고 승정환을 팔게 되면 명예는 잃을지언정, 돈은 얻을 것입니다. 등가교환이지요."

"그건 그러하다."

호기신의가 만든 정력제라니. 그것도 호기신의의 아버지

가 운영하는 표국에서 판매를 한다니?

믿을 만하지 않은가? 모르긴 몰라도 호북성 내에서는 불티나게 팔지도 모른다.

"예. 그거면 충분합니다."

"너는 분명 돈이 아닌 사람을 살리기 위해서 명예를 버린다고 하였다."

"예. 그렇습니다."

"흐음…… 너는 생각지 못한 듯하나 이것을 우리 표국이 판매를 하게 되면 표국의 명예 또한 떨어지게 될 것이다."

"……그럴 수도 있겠군요."

"그럼에도 할 것이더냐? 돈을 위해서?"

"예. 저는 그 돈으로…… 의방을 만들 것입니다. 호북 곳곳에요. 그리고……."

운현은 자신이 생각하는 바를 단 한 점의 거리낌도, 가림도 없이 아버지 이후원에게 모두 말하였다.

사람을 살리기 위하고자 하는 것. 능력을 갖췄으니 그것을 펼치고자 하는 것.

때로 명성이라는 것을 버리면 많은 일을 할 수 있다는 것. 자신이 생각하는 명의란 이러한 것이라는 것까지.

어쩌면 자신의 꿈이라고도 할 수 있는 것을 아버지에게 고하고 있는 것이다.

사람의 꿈이라는 것이 때로는 허술한 면도 없지 않아 있기에, 때로 운현의 이야기에는 허점도 있었으며 궤변도 보이곤 했다.

 하지만 중요한 것은 진실이지 않던가.

 허점과 궤변. 그 이상의 무언가가 운현이 말하는 것에 들어 있었다.

 그 진심이 전해졌던 것일까?

 "후우…… 아들이 그렇게까지 말을 한다면야…… 이 아비는 들어줄 수밖에 없지 않더냐?"

 "아버지……."

 "허허. 어쩌면 사람들 사이에서 말하는 명예는 잃을지도 모른다. 약장수라는 별명이 생길지도 모르겠지."

 "……예."

 표국이 약장수라는 말을 듣다니.

 때로 무인들 사이에서 반편이 무인으로 무시를 당하고는 하는 것이 표국이라지만, 약장수라는 말을 듣는 곳은 그 어디도 없었다.

 어쩌면 운현의 부탁은 꽤나 큰 것일는지도 몰랐다.

 괜스레 미안해지는 운현이었다. 처음의 부탁이 괜한 것이 아니었는가 생각이 들 정도다.

 "그럼에도 그 이상의 것을 말하고 있지 않느냐? 그것도 아들이. 그것을 들어주는 것이 아비로서 해야 할 일이겠지."

"……죄송합니다."

"아니다. 네 뜻의 고매함을 이 아비가 알았으니, 들어주는 것이 당연한 일인 터. 걱정 말거라. 허헛. 그 어떤 상인보다 잘 팔아 올 터이니!"

"……예."

오대세가까지는 못하더라도 하나의 가문을 만들고자 했던 이후원이다.

이번 일로 약을 팔게 되면 떨어진 명성으로 말미암아 그 일이 힘들어질지도 몰랐다.

하나의 가문이 만들어지는 데는 돈과 사람도 필요하지만, 명예도 필요로 하기 때문.

그럼에도 이후원은 약을 팔아 준다 하였다.

가문을 만든다는 자신의 꿈과 멀어지는 행위가 될 수도 있음에도 아들의 말을 들어주려 하고 있었다.

아버지이기에, 자식의 진심을 들어줄 수밖에 없었던 것이리라.

'……아버지.'

자신의 명성을 버릴 것은 감수했어도, 표국의 명성이 떨어질 줄은 몰랐던 운현으로서는 죄스러운 상황.

"허허. 너무 그러지 말거라. 부모로서 자식을 위하는 것은 당연한 일이 아니겠느냐."
 하지만 그런 상황에서도 이후원은 사람 좋은 웃음으로 운현의 어깨를 토닥이고 있었다.

第二章
서서히 퍼지다

"음…… 너무 일차원적으로만 생각하지는 말아야겠어."

자신이 하고자 하는 일을 위해서, 너무 자신의 기준에서만 생각하고 살았을지도 모른다.

명예라는 것 하나가 때로는 그 무엇보다도 중요한 시기에 살고 있지 않은가.

비록 명예를 잃었다 해서 목숨을 잃는 것은 아니다.

하지만, 무림에서는 명예라는 것을 올려보고자 목숨을 걸고 무사행을 펼치고 다니는 무인들도 있을 정도다.

아니라고 부정을 하고 싶지만 자신도 무공을 익힌 이상 무인으로 취급을 하는 자도 꽤나 있을 것이다.

좋든 싫든 이런 상황에서 명예를 전혀 신경 쓰지 않을 수는 없었다.

'차라리 나 혼자의 문제면 신경 쓰지 않을지도……'

자신은 혼자가 아니지 않은가. 아버지가 있고, 어머니가 있으며, 형제가 있어 그들이 모두 모여 가족으로서 있다.

그러니 자신의 명예가 떨어지게 되면 자연스레 가족의 명예도 떨어질 수밖에 없는 것이다.

약을 파는 행위가 잘못된 행위는 아니었으나, 이 시기에는 명예로운 일로만 여겨지는 것은 아닌 터.

더더군다나 정력제를 판매를 하는 것이니.

"흐유…… 현대에서는 이런 것까지 신경을 쓸 필요가 없는데……."

아버지의 말대로 여러모로 좋은 소문만 나지 않을 것이 분명했다.

당장에 오늘만 하더라도, 일이 있을 정도였다. 표행에서 승정환을 판다는 소식이 의방에 들린 것이 문제였다.

좋은 의원이 될 기회가 있다 해서 왔는데, 아예 약장수로 나서는 거냐고 꼿꼿하게 묻던 의원 하나를 상대로 설득을 하느라 애를 먹은 참이다.

지금 자신의 의방에 있는 의원들은 의원으로서 바른 정신을 가진 자들만 따로 추려 데려온 자들이지 않은가.

그들에게 있어 약장수라 불리는 것은 꽤 달갑지만은 않을 수 있으니 당연한 따짐이었을지도 몰랐다.

결국에는 아버지에게 그러했던 것처럼 설득을 하는 것으로 되었지만, 여러모로 신경 쓸 것이 많아졌다 여겨지는 상황이었다.

'일을 크게 벌이니, 사람이 모이고…… 사람이 모이니 다시 또 그것대로 일이 생기는군.'

표행에서 승정환을 파는 일이야, 이제 설득이 되었으니 그렇다손 치더라도 그 외에도 여러모로 신경 쓸 게 참으로 많아졌다.

의원들을 가르치는 것도 있으며, 약을 만드는 것을 감독도 해야 하고, 약방에 약이 수급되는 것을 관리하는 것도 일이다.

게다가 지금 자신이 벌이는 일로 모든 일이 끝이 나는 상황은 아니잖은가.

"흐음…… 말 그대로 손이 부족한 상황이로구만…… 이래서 이름 난 세가들은 총관을 두고 하는 건가."

현대로 치면 의방을 관리할 관리직이 필요하게 된 상황이다.

경영에도 젬병인 그인데, 관리라고 해서 갑작스레 잘할 수 있을까.

현대의 지식으로 말미암아 하고자 한다면 못할 것도 없지만, 그래서야 다른 중요한 일을 할 수 있을 시간이 없게 된다.

서서히 퍼지다 35

'사람을 또 구해야겠군.'

사람을 구하니, 또 사람이 필요하게 된다. 어째 돌고 도는 쳇바퀴와 같은 일을 하는 게 아닌가 여기며 움직이고 있는 운현이었다.

*　　*　　*

운현이 움직이는 사이, 어느덧 등산현에서만큼은 최고의 표국이나 다름없는 이통표국에서도 표행을 하고 있었다.

"수량 확인은 했나?"

"예. 안 해서야 큰일 날 일이지 않겠습니까?"

"……그렇네만. 허허."

달라진 점이 있다면 운현의 부탁을 받아 승정환이 표행의 표물에 함께하고 있다는 점일 거다.

다만 중간 과정에서 문제가 잠시 있기는 하였다.

처음 판매를 하는 것이지만 승정환이라고 하면, 이미 등산현 내에서는 최고의 정력제나 다름없지 않은가.

고가도 아닌 것이 힘을 북돋아 주니, 일인당 다섯 개의 판매량으로도 부족한 것이 승정환이다.

상황이 이렇다 보니, 쟁자수들 중에 한, 둘 정도가 눈이 휙 돌아간 듯했다.

중간에 이후원이 혹시 하는 마음에 수를 점검해 보니 천 알 정도를 챙겨온 승정환 중에서 딱 두 개 정도가 비었다.

더도 말고 덜도 말고 딱 두 개.

모두의 짐을 뒤져서 처벌하기도 애매하고, 혹여나 짐을 뒤진다고 하더라도 이미 먹었을지도 모를 것이 승정환이다.

'정력이라고 하면 자다가도 벌떡 일어나는 것이 사내라지만……'

문제는 이게 작은 일이 아니었다는 거다.

표행 중에 물건이 손실되는 일이 전혀 없는 것은 아니지만, 표행에 표물이 이런 식으로 없어져서야 누가 표물을 맡기겠는가. 그렇다고 다 뒤집을 수도 없으니, 그 뒤로는 매일같이 수량을 확인하는 이후원이었다.

어찌하다 보니 수량 확인이 하루의 마침을 알리는 일과가 돼버린 셈이다.

"아무래도…… 처음 판매를 하는 것이니 내가 직접 나서기는 했네만……"

"오랜만의 표행이시기는 하시지요."

"결과적으로 잘된 일이긴 하군. 흐유. 우리 표국의 사람들을 못 믿을 날이 올 줄이야. 그깟 승정환이 뭐라고……"

"돈이 있어도 못 구하니 더더욱 그렇겠지요. 일인당 제한을 걸고 팔 줄이야 누가 알았겠습니까?"

"무리가 가서 그런 것 아니겠는가. 그나저나 매일 이것을 세는 것도 일이군."

"그렇게 된 셈이지요. 그래도 이문은 남을 터이니……."

"그렇겠지."

승정환의 가격은 등산현에서 판매하는 금액보다 가격을 최소 두 배로 책정한 상황이다.

일종의 운임비가 더해져서 가격을 그리 책정하였다.

폭리라고 하기에도 애매하고, 돈에 미쳐서 가격을 올렸다고도 하기에 애매한 가격인 셈이다.

그리 높지 않은 가격 때문에 약장수란 소문이 나더라도, 아주 크게 나지는 않을까 하고 내심 희망을 가지는 이후원이었다.

"그나저나 내일이면 함녕현인가……."

"예. 거기서부터 판매 시작이지요. 승정환이 없어진 탓에 평소보다 시간이 하루 더 할애되기는 하였군요."

"잘 판매가 될는지…… 크흠……."

걱정 반, 불안 반으로 함녕현에 들어서기 전의 밤을 보내는 이후원이었다.

그리고 다음날.

"왔다!"

"드디어!"

발 없는 말이 천리를 간다는 말을 증명하기라도 하는 것일까?

꽤나 진풍경이 펼쳐지고 있는 함녕현이었다. 표물을 싣고 오는 국주 이후원의 표행을 쭉 둘러싸고 있는 사람들이 있는 것이다.

현에 산도적들이 들이닥쳤을 리는 없으니, 표물을 빼앗으려고 온 것은 아닌 터.

다만 그들의 눈에는 왠지 모를 탐욕이 있었다. 게다가 표행을 둘러싸고 있는 자들은 모두 아, 저, 씨!

이쯤 되면 이후원이라고 하더라도 눈치를 챌 만한 상황이지 않은가. 그래도 혹시 몰라 표두에게 물어보는 이후원이었다.

"……김 표두. 이게 무슨 일이라고 생각하는가?"

"뻔하지 않겠습니까? 흐우…… 어쩌면 여기서 다 팔지 모르겠습니다."

대체 누가 소문을 낸 것일까? 개방? 하오문? 알지 못할 일이다.

어쨌거나 소문이 퍼질 대로 퍼진 승정환 덕분일까.

"어서 주시오! 이날만 기다렸단 말이오!"

"어디 등산현에서부터 소문이 난 그것 좀 봅시다!"

"얼마면 되오?"

모두가 이미 탐욕에 젖어(?) 승정환을 판매하기를 기다리고만 있었다.

"허허……."

이후원은 함녕현에 들어서자마자 구백구십팔 개의 승정환을 모두 팔아재끼는 쾌거(?)를 올리게 된 상황!

표행을 통해서 승정환을 팔게 되는 첫 거래가 성황리에 끝났다.

또한 이후원으로서는 표행을 끝마칠 때까지 어찌 알고 승정환을 찾는 자들로 골머리를 썩기도 한 골치 아픈 표행이었다.

* * *

자신의 아버지에게 승정환 원정(?) 판매를 맡기고 난 운현은 부족한 일손을 구하기 위해 다시 야화가 머물고 있는 곳을 찾아들었다.

야화 하연화가 머물고 있는 홍루다.

야화임에도 딸 수 없는 꽃인 야화가 있으니 근래에 들어 더더욱 유명해진 곳이기도 했다.

여인들을 치료하기 위해서 꽤 다녀가서일까?

"어머? 의원님?"

"하핫. 몸은 괜찮으신지요?"

"의원님이 챙겨주신 덕분에요. 호홋. 언제 한번 찾아오시면 저도 의원님의 몸을 봐드릴게요? 후후."

"……그것까지는 사양하도록 하겠습니다."

"어멋. 이 정도면 제법 괜찮지 않아요?"

"……."

이른 시간에 찾아 왔음에도 그를 알아보는 여인들이 다수였다. 누가 보면 홍루의 단골이라고 생각할 정도였다.

다들 호의에 가득 찬 눈으로 운현을 바라본다. 약간의 장난기 정도야, 이곳에서는 으레 있는 일인 터.

다들 그를 반기는 와중에 처음 운현을 안내했었던 염소 수염의 사내가 운현을 맞이하는 것은 우연만은 아니었을 것이다.

"신의님 아니십니까? 이 시간에는 어쩐 일이신지요? 정기 치료를 하실 때도 아니시지 않습니까?"

"암구호를 말해야 할까요?"

꽃에 꼬이는 벌을 보러 왔다.

하오문의 의뢰를 하러 왔다는 뜻. 이곳 등산현에서 홍루의 일이 아닌 하오문을 찾기 위한 암구호다.

"하핫. 본래는 말씀을 하셔야 하기는 하지만……."

염소수염 사내가 주변을 휘휘 돌아본다.

그의 시야에 운현에게 호의 어린 시선을 보내고 있는 기녀

서서히 퍼지다 41

들과 홍루의 몇몇 사람들이 보인다.

"굳이 신의님이 그러실 필요는 없겠지요. 따라오시지요."

"부탁드리겠습니다."

하오문의 일로 찾아와서일까?

평소라면 운현의 곁에 머물며 농도 짙은 농담을 계속 이어갈 법한 여인들도 모두 자연스레 물러난다.

이내 이제는 좀 익숙해질 법한 삐걱거리는 계단을 올라서, 전과 같이 분주한 소리를 듣고 나서야 하연화를 만날 수 있게 된 운현이었다.

"호홋. 신의님이 오시는 것은 언제나 환영이기는 합니다만…… 미리 기별을 넣어주시면 좋겠지요?"

오랜만에 만난 하연화는 여전히 아름다웠다. 괜히 여름에 핀 꽃이라는 이름이 붙은 그녀가 아닌 것이다.

그럼에도 말 속에는 뼈가 들어 있었다.

갑작스레 찾아오는 남자친구에게 살기를 날리는 여자친구가 몇 있듯, 기별 없이 찾아 온 운현에 대한 질책이리라.

덕분에 이번에도 운현을 문 앞에 둔 채로 꽤나 분주한 시간(?)으로 점철된 반 각을 보낸 하연화가 아니던가.

운현을 그냥 볼 수는 없으니 반각 만에 준비를 해 낸 것이리라.

'반각 만에 준비한 게 저 정도라니…… 적당한 화장에 의복

이라……'

그녀의 변신술(?)만 놓고 보자면, 이미 절정을 넘은 화경에 이르렀을지도 모를 일이다.

"……하핫. 다음번에는 주의하도록 하지요."

"호홋. 소녀가 특. 별. 히 부탁드리겠습니다."

"아무렴요. 다음에는 결코 이런 일이 없을 겁니다."

자신도 치료를 하면서 도움을 주지만, 그녀도 여러모로 도움을 주지 않는가.

치료를 해준다는 명목으로 등산현의 정보는 물론이고 주변의 정보도 건네어주는 그녀.

그런 그녀에게 밉보여서야 좋을 것은 없으니, 다음부터는 꼭! 기별을 넣고 오기로 결심을 하는 운현이었다.

"그나저나 이 시간에 오신다는 것은 역시 의뢰시지요?"

"예. 두 가지를 의뢰하려고 합니다만은. 하나는 잘 될지 모르겠습니다."

"두 가지나요? 흐음……."

한 사람의 일생에서 하오문에 몇 번이나 의뢰를 넣을까. 한 번이나 될까?

무인이라 하더라도 하오문에 의뢰를 넣는 경우는 많지 않다. 정보를 구해 움직이기보다는 몸으로 때우고 보는 무인들의 습성 덕이다.

그런 의미로 운현은 굉장히 많이 하오문에 의뢰를 넣는 편이었다.

"손이 모자란 것은 아니니, 받아들일 수 있을 듯하긴 합니다만…… 일단 들어는 보아야겠지요?"

"당연한 이야깁니다. 우선 첫째 의뢰는 사람을 구해야 하는 겁니다."

"사람이라…… 의원들을 구하는 의뢰도 아직 진행 중이지 않나요?"

"그렇기는 하지요."

의원으로서 실력은 상관없다. 다만 의원 정신이 제대로 박힌 자를 구해 달라. 그것이 의뢰였다.

다만 의원으로서의 정신을 제대로 가진 자를 구하는 것이 지난한 일이다 보니, 아직도 운현의 원하는 수를 채우지 못했다.

의뢰가 현재 진행형이라는 소리다.

"사람을 구하는 자들이 이미 의뢰를 수행하고 있는지라 쉬운 문제가 아니네요."

"흐음…… 그렇습니까? 이 의뢰는 쉽게 될 줄 알았는데……."

두 개의 의뢰 중에서 사람을 찾는 것쯤이야 쉽게 될 줄 알았다. 하지만 그들도 그리 쉽게 사람을 구할 수 있는 것은 아닌 듯했다.

"아무리 하오문이라 하더라도 인원이 남아도는 것은 아니니까요."

"그런 겁니까?"

"예. 게다가 조건에 맞는 사람을 찾는 의뢰는 생각 이상으로 많은 인원을 필요로 한답니다."

"그렇다면야…… 그럼 공고는 가능하겠지요?"

"공고로 하신다면야…… 전에 표국의 사람들을 모으는 방식과 비슷하시겠군요?"

"예."

"어떤 사람을 찾으시는 거지요?"

"총관이 될 자를 찾습니다. 의방의 규모가 늘어나니 슬슬 사람을 필요로 하기 때문이지요."

"이해가 가는 의뢰네요. 예. 그 부분은 바로 처리해 드리도록 하겠습니다."

사람을 찾는 것은 어렵다. 하지만 사람을 찾는 공고쯤이야 연통을 날라, 열심히 알리면 될 일이다.

그쯤이야 바로 가능한 의뢰기에 쉽사리 의뢰를 받아들이는 하연화였다.

"다음의 의뢰는 무엇이지요?"

"그것이…… 일단 가능할지는 모르겠습니다만은……."

다만, 다음의 의뢰는 그녀로서도 가능할지가 미지수였다.

"소문이 번지는 것을 막아주셨으면 합니다. 설명이 미흡할 수 있겠지만, 나쁜 소문으로 돌지만 않게 해주시면 됩니다."

"무엇을 말이지요?"

소문을 잠재워달라는 것인가? 보통 소문을 잠재우는 의뢰는 무언가 사고를 쳤을 때나 오는 의뢰인 터인데?

혹여 호기신의쯤 되는 운현이 무슨 실수를 한 것일까?

'그럴 리가……. 어제의 보고까지만 하더라도 그럴 만한 일은 없었는데?'

운현이 모르게 그의 일거수일투족(一擧手一投足)을 파악하고 있는 그녀. 그것이 그녀가 이곳에 파견된 이유기도 하니, 그의 행적을 모를 리가 없는 그녀였다.

"가능은 할 듯합니다만은…… 무슨 연유이신지?"

"음…… 가능하다니 다행이군요! 다음이 아니라……."

완전히 불가능할 일일 수도 있다.

하지만 일차원적인 행보가 아니라 다각적으로 움직이기로 마음먹은 자신이지 않은가. 그러니 가능하면 여러 가지를 신경 쓰는 것일 뿐이다.

그 일 중에 하나가 바로 지금의 의뢰다.

"앞으로 저희 표국의 표행 중에 승정단을 팔 예정입니다."

"승정환이라면…… 아아…… 덕분에 우리 아이들이 고생하고 있기는 하지요."

"······하핫······."

왕정은 어색하게 웃을 수밖에 없었다.

승정단의 효과가 하필이면 여기서 사용되고 있단 말인가. 하기야 승정환은 정력제이지 않은가.

홍루이니 당연히 쓰일 법하기는 하였다.

'약력으로 상승된 손님이라니. 상대하기 힘든 게 당연할지도. 이쪽도 이쪽 나름 피곤하겠군.'

하지만 그 원인이 자신이어서야, 왠지 모르게 미안해질 수밖에 없었다.

"뭐······ 의원님이 의도하신 바는 아닐 테니 넘어가기로 하였습니다. 다만, 표행 중에도 파시게 되면 꽤나 퍼지게 되겠군요. 그 승정환이라는 것도요."

"······아무래도 그리되겠지요."

"흐으응······."

그녀가 여우 같은 눈을 하고는 운현을 잠시 바라본다.

"그런 의뢰라면야······ 승정환을 판매함으로써 떨어지는 체면을 조금이나마 막으시려는 것이겠군요?"

체면이라······ 하기야 명성이 체면으로 보일 수도 있을 법했다.

"아무래도 그렇습니다. 자식인 저 때문에 그런 일이 벌어져서야······ 일단은 막아보려 노력을 해볼 수밖에요."

"높으신 분들이 가끔 그런 의뢰를 하고는 하시지요. 그도 아니면…… 효심인 건가요?"

"그저 자식으로서의 도리이겠지요. 애시당초…… 판매를 부탁하고 나서 이런 의뢰를 하는 것이 웃기지만 말입니다."

"흐음……."

그녀가 잠시 생각에 빠져든다.

의뢰의 성격, 규모, 가능 여부 등을 판별하려는 것이리라. 그리고 가장 중요한 의뢰비도.

"저희도 최대한 노력을 해 드리겠지만 완전히 막을 수는 없을 거예요. 사람의 입을 전부 막을 수는 없으니까요."

자신의 명성이 떨어지는 것이야 상관은 없지만, 표행 중인 표국에까지는 최대한 피해를 주지 않으려면 어쩔 수 없는 것이다.

불가능에 가까운 의뢰인 것은 알지만, 해보는 데까지 해보는 것뿐이다.

"그래도 최대한 부탁드리겠습니다. 이왕 난 소문이라도 좋게 해석되면 좋지 않겠습니까?"

"꿈보다 해몽이시라는 말씀이시군요. 어쨌든 좋습니다. 한번 노력해 보도록 하지요. 후후."

의뢰 성립이다.

第三章
그녀, 움직이다

전세(戰勢).

제갈가의 최고 경계 수준이다. 전쟁이 벌어진 것은 아니나, 그들은 이미 그런 상황이라 여기고 있었다.

당장 제갈가의 중심이라 할 수 있는 지원당만 하더라도 몇 번의 실책을 보였던가.

등산현 운현의 일이야 넘어갈 만한 일이라 할 수 있었다. 신이 아니니 모든 것을 볼 수는 없으니까.

하지만 그 외에 일들은 문제가 될 수밖에 없었다.

공물에서부터 시작해서, 강시의 일까지. 운현의 일과 같이 넘어갈 만한 수준이 아닌 것이다.

당장에 난세가 들이닥칠 듯하던 상황. 그런데 지금은.

"근래에 들어서는 조용하군."

"일을 벌인 자들도 당장에 움직이기는 힘든 것이겠지요."

"흐음…… 그런 것인가? 하기는 우리만 경계를 하고 있는 것이 아니겠지."

"예. 이왕이면 무슨 일을 벌이든 간에 방심할 때를 노리는 게 편하지 않겠습니까?"

"그렇겠지. 흐음……."

지원당주의 말대로다. 일을 벌이려면 상대의 방심을 노리는 것이 유리한 것은 진리와 같다.

제갈가의 정보망을 벗어나 일을 벌일 수 있는 자들이 보통내기들은 아닐 터이니 그런 진리를 모를 리는 없었다.

그러니 무당이나 제갈 그에 더불어 관까지 경계태세에 있는 지금을 노릴 리가 있겠는가? 없다.

그러니 자연스레 호북성이 조용해진 것이다.

하지만 지금의 상황은 단지 소강상태일 뿐이다. 전에 있던 일로 모든 것이 끝날 것이라곤 누구도 생각지 않고 있었다.

"문제는 문제로군. 어떤 단체인지라도 알아야 일의 실마리를 잡을 터인데……."

"그나마 다행인 점이라면, 민심이 그리 이반되지는 않았다는 것이 다행이겠지요."

"호기신의 덕분이겠지. 하지만 그 또한 우리의 인물이라고 볼 수는 없으니……."

철의방을 동원하여 표사로 넣는 것도 실패. 어떤 연줄을 만들어 내는 것도 아직까지는 성과가 없었다.

그나마 희망이 있다면 제갈소화 정도일까?

지원당주 제갈민으로부터 이미 제갈소화를 운현을 파악하는 데 보내기로 했다는 보고를 들은 가주가 물었다.

"그 아이도 아직 호기신의의 옆에 가지 못했는가?"

"흐유…… 아무래도 그가 의방의 일에만 치중하고 있는 터라…… 자연스레 만날 수 없었던 듯합니다. 방해도 있는 상황이니……."

"의외의 문제로군."

이통표국에 호감을 가진 개방이 의도를 가지고 접근한 자들을 배척하고 있었다.

선한 자는 배척하지 않으나, 제갈가처럼 어떤 의도를 가지고 접근하는 자들이 파악되면 적당히 손을 쓰고 있는 것이다.

그들로서는 이통표국에 대한 호감 표시 정도.

하지만 다른 이들의 방해 없이, 운현과 직통으로 끈을 대고 싶은 제갈가로서는 장애가 될 수밖에 없었다.

그렇다고 개방에 협조를 요청할 수 없으니 그건 그거대로 문제였다.

"아직 수가 없는 것인가?"

"소화로서는 정면 돌파를 하자고 하더군요."

"정면 돌파라. 그 아이답군."

제갈가 내에서도 말괄량이로 소문나 있는 제갈소화다. 그런 그녀니 정면 돌파라는 말도 어울리기는 하였다.

"상황이 이쯤 되니 방법만 있다면 솔깃하긴 하군. 그래, 무슨 수를 쓴다고 하던가?"

제갈민이 조심스레 말한다.

"……총관이 되겠답니다."

"뭣이?"

"하오문에 의뢰해서 넣은 공고를 보고는…… 그래도 가장 높은 직위를 하겠다고."

아무리 그래도 제갈소화는 제갈가의 사람이다. 어딜 총관으로 들어가는가? 친우면 몰라도 그건 안 될 말이다.

"……허어. 허락하지는 않았겠지?"

"당연한 이야기 아닙니까."

"하지만 그 아이의 행동력을 생각하면……."

"허허……."

왠지 모를 불안감에 허허롭게 웃어 보이는 가주와 지원당주었다.

설마 하는 것이 역시가 되고.
아차 싶은 것이 큰일이 되며, 기대에는 부응해 줘야 하는 법!
"나가시는 겁니까?"
"응! 요 앞에 좋은 당과집이 생겼다고 들어서 말이지!"
"하핫. 제 것도 부탁드립니다."
"안 떨어졌으면!"
가주와 아버지인 지원당주의 기대에 부응(?)하기 위해서 제갈소화는 유유히 제갈가를 나서고 있었다.
평소에도 외출이 잦은 그녀인지라, 그녀의 차림새에 문제를 제기하는 자는 없었다.
다만 작은 봇짐이 평소 없던 것이긴 하지만, 그래봐야 작은 봇짐 수준이라 신경 쓸 필요가 없다고 생각한 그들이었다.
"후후. 출발해 볼까나?"
하지만 여행 경험이 충분한 그녀로서는 이 작은 봇짐으로도 충분했다. 필요한 것만 알차게 담았으니 부족할 것이 있겠는가.
호북성 북쪽에서 남쪽 끝인 등산현까지 가는 길이 제법

길기는 하다.

하지만, 애당초 호북성에서 호북성으로 이동하는 것이니 다른 성으로 가는 것보다 어렵기만 하겠는가?

그녀가 남쪽의 등산현을 향해서 몸을 움직이고 있었다.

* * *

형운사(荊雲寺)의 지주는 바쁜 나날을 보내고 있었다.

며칠 전, 동자승이 불의의 사고를 당한 덕분에 절의 손이 부족해진 덕분에 더욱 그러한지도 몰랐다.

사고가 있기 이전에도 널리 알려진 그의 불심으로 향화객이 어디 보통이었던가.

그 뒤에 영특하기만 하던 동자승이 사고로 죽은 것이 안타까워 찾아오는 이들이 더욱 늘어나는 것은 당연한 수순이었을지도 모른다.

대외적으로 알려진 그의 인덕 덕분이다.

그는 자신에게 오는 향화객들 하나, 하나를 진득한 불심과 미소로 대하며 정성스레 맞이하고 있었다.

그러던 중.

상인 차림의 사내가 조심스레 예불을 드리러 오자 만면에 짙어졌던 미소가 잠시지만 수심으로 가득 찼다.

"근심이 가득하시군요."

"해서 지주님께 상의나 해볼까 하고 왔습니다. 하핫."

매일 상인 차림의 사내가 올 때마다, 따로 자리를 마련해왔던 그였으나, 지금은 지주가 없는 동안 자리를 지킬 동자스님이 없었다.

불심 깊은 주지스님도 죽음에는 어쩔 수 없었던 것이다.

"허허. 평소라면 자리를 마련할 수 있었겠습니다만은⋯⋯ 사고가 있었던지라⋯⋯."

"그쯤이야 이해를 하지 못하겠습니까? 기다리도록 하지요."

지금의 해는 중천.

향화객도 많으니 따로 자리를 마련하려면 꽤 오랜 시간을 할애해야 할 터.

그럼에도 시간이 돈이나 다름없는 상인 차림의 사내는 형운사 한 켠에 마련된 자리에 홀로 앉아 지주스님과의 독대를 기다리고 있었다.

많은 이들이 오고갔다.

개중에는 다른 이들이 그러했던 것처럼 고민을 토로하는 자도 있었고, 오직 향만을 올리고 간 자들도 있었다.

사람이 모이고 여로 이야기가 오고가는지라 많은 정보가 오고가고, 시주를 통한 재물이 오고간 것은 어쩌면 당연한 이야기였다.

　정보의 정리, 시주로 들어온 물건들의 정리, 사찰의 정리, 향화객을 맞이한 피로들로 힘들 법도 하지 않은가.

　그럼에도 지주는 상인 옷을 입은 사내를 제외한 다른 이들이 전부 절에서 떠날 때까지 불심 어린 미소를 잊지 않고 있었다.

　모두가 떠난 것을 확인한 뒤. 그제서야 본색을 드러내기 시작한 둘이다.

　지주스님의 불심 어린 표정은 이미 지워진 지 오래였다. 상인 사내는 낮에 잠시 보였던 웃음기 어린 표정이 아닌, 진중한 표정으로 돌아와 있었다.

　기시감이 느껴지지 않는가. 몇 달 전 날 밤. 각양각색의 사내들이 모였던 그때의 그 표정들이었다.

　"사형도 피곤하겠습니다."

　"사제만 하겠는가. 근래는 어떤가?"

　"조용히 지내기로 하였으니 적적할 따름입니다."

　상인 사내는 정 사제로 불리던 낭인 사내가 없기에 여유로움이 느껴지는 것인지, 작은 농도 걸 정도였다.

　다만 사내의 농에도 지주 사내는 여전히 무표정이었다.

　"문제가 없다니 다행이군. 하지만 달리 할 이야기가 있지 않은가?"

"역시…… 사형은 당하지 못하겠습니다. 정보를 담당한 저보다 항시 빠르시군요."

"절에 처박혀 있어도 들어올 소식은 들어오더군."

"그런 겁니까?"

"그런 걸세. 당연한 것이지."

상인 사내가 맡은 것은 탐색. 호북성에 국한될 일이기는 하지만, 그의 시야는 결코 좁지 않았다.

그럼에도 언제나 그의 사형인 지주스님에게는 항시 뒤쳐졌다.

절에 매일 틀어박혀 있는 자보다, 상단을 움직이며 정보를 얻는 자가 정보가 더욱 느리다니. 이보다 모순되는 일이 어디 있을까.

하지만 그것이 사내들에게 사형이라 불리는 지주와 상인 사내의 역량 차이일 터다.

'흐우. 분명히 사형에게는 우리도 모를 뭔가가 있다.'

그게 아니면 태생부터 다른 사형에게는 따로 뭔가가 있는 것이겠지. 어쨌든 좋다. 지금에서는 그게 중요한 것이 아니다.

중요한 것은 사형이 사제들이 겪고 있는 '작은' 문제를 이미 알고 있다는 것이 중요했다.

그렇다면 언제나와 같이 사형에게 해결책을 묻는 것이 나

앉다. 그렇다면 적어도 자신이 책임을 지지는 않을 테니까.

이 사제처럼 수련동에 가고 싶지는 않았다.

"이미 알고 계셨다니, 해결책도 있으시겠지요? 그러니 부르셨을 테니까요."

"작은 문제가 아닌가. 쉬이 해결할 방도가 있을 걸세."

"그러시겠지요. 사형이시니까요."

상인 사내의 입에서 작은 신음이 나온다. 지주는 그 신음을 못 들을 리 없을 테지만, 모른 척하는 듯하였다.

'사형은 언제나 이런 식이었지.'

같이 속해 있음에도, 사형제라는 관계로 묶여 있음에도 한발 물러나 관망을 하는 듯한 태도를 보인다.

그럼에도 중요한 곳에서는 항시 끼어들어 일을 주도하고 있는 그다.

자신들이 주도를 하려 해도, 언젠가 일이 진행되고 있다 보면 사형의 주도로 바뀌어 있었다.

이런 일이 반복되다 보니 보이지 않는 능력의 차이라는 것에 어느덧 주눅까지 들어버린 사제들도 있을 정도다.

야밤의 모임에서는 낭인 행세를 하고 있는 정 사제를 나무라기는 하였다.

하지만, 그 또한 사형에 대한 억하심정의 표현인 것을 그 자리의 누가 모를까. 그 자신도 알고 있었다.

다만 자리가 자리이니만치 자중하도록 하였을 따름이었다.

자아, 과연 사형이 말하고자 하는 방안은 무엇일까? 사내는 그리 생각하며 사형의 입이 열리기를 기다렸다.

"방안이 무엇입니까?"

"사냥하던 개가 쓸모가 없게 되면 삶아 먹어야 하지 않겠는가?"

"……토사구팽을 말씀하십니까?"

"그렇네."

"사형!"

어찌 여기서 토사구팽을 말한다는 것인가?

산적들이 문제를 일으켰다. 공물행을 약탈하는 데 성공한 자도 있지만, 실패한 자들도 있으니 소란이 일어난 것이다.

목숨을 걸고 한탕을 하려 했던 산적들이다.

자신을 포함한 사형제들의 도움으로 규합이 될 수 있었고, 꽤 성과를 내기도 하였다.

하지만 누군가는 공물을 얻었지만, 누군가는 얻지 못한 것이 현실이다. 그러니 자연스레 내부 분열이 일어났다.

제물을 위해서 모였음에도, 제물을 얻은 자와 얻지 못한 자가 나뉘게 되었으니 어쩔 수 없는 분열이다.

그것을 작은 문제라 칭했던 둘이다.

상인 사내로서는 내심, 사형이 적당한 타협선을 만들어 방안을 짜지 않을까 생각을 했었다.

이를 테면 그들이 필요로 하는 제물을 적당히 내어주거나, 그도 안 되면 자리를 마련해 주는 식으로.

그런데 사형은 토사구팽을 말하고 있었다.

"사제들과 인연이 있는 자들이 섞여 있습니다. 아니, 그것뿐이면 말을 안 하겠습니다!"

"……."

상인 사내의 외침에도 지주는 여전히 침묵한다.

상관없었다. 상인 사내로서는 그동안 참았던 말을 내뱉으려는 듯, 다시금 외쳤다.

"사제가 섞여 있단 말입니다. 이 사제야 수련동에 갔다지만, 약을 먹이도록 시켰던 운 사제는 또 어쩝니까?"

"……."

"또 침묵이십니까? 어쩔 수 없이 말을 들어야만 하는 것을 알기에?"

"……."

"말 좀 해 보시지요. 대의를 위해서라는 것은 알겠습니다. 하지만 대의를 같이 하는 자를 버릴 수는 없지 않습니까!"

이래서야 안 되었다.

이래서야 자신들에게 고통을 주었던 제국 황실과 다를 바가 뭐란 말인가? 그 많던 무인들과 다를 것은 또 뭔가?

대의도 좋지만 선이라는 것이 있어야 하지 않겠는가. 그럼에도 사형은 여전히 침묵했다.

"말을 좀 해 보시지요. 말을!"

"사제."

"예. 사형. 여기 있습니다. 두 귀로 똑똑히 듣고 있단 말입니다."

"흥분했군. 자제하게나."

흥분한 것인가? 그래. 흥분을 했다.

하지만 토사구팽을 말하는, 사형제 중에 하나를 버리고자 말하는 사형을 상대로 흥분한 것이 잘못한 것인가?

모르겠다.

'여태껏 많은 희생을 만들어 왔음에도 이제 와서 이러는 것도 웃길지도……'

그럼에도 이번만큼은 왠지 모르게 울분이 생기는 상인 사내였다.

"어쩔 수 없네. 알지 않는가? 꼬리는 확실히 잘라야 하는 터. 그가 무공을 사용할 때에 목격자가 있었다 하네."

"……목격자인 겁니까?"

"그래. 대은표국의 성운영이라는 표두를 죽일 때 운 사제가 나섰다지?"

"그런 것으로 알고 있습니다만······."

"그때 살아남은 자가 있었다고 하네. 그리고는 무공 고수가 있었다고 말했다더군. 이미 처리하기는 했지만······ 알잖은가?"

목격자가 생겨버린 건가? 모두 전멸시킨 것으로 알았는데? 아니다. 그럴 리가 없다.

'어쩌면 사형의 말은······'

자신조차도 속이기 위한 거짓 정보일지도 모른다.

하지만 방법이 없었다. 지주 노릇을 하고 있는 사형이지만 그 본질이 무엇인지 알고 있는 자신이지 않은가.

소리치는 정도가 자신으로서는 최선의 반항인 터. 결국 자신은 알고 있었다.

사형의 말을 들을 수밖에 없다는 것을!

"······그런 겁니까?"

"그런 걸세. 토사구팽이라 말했으나, 어쩔 수 없는 처리일 따름이네."

진실일까? 진실이었으면 한다. 허나 과연 진실일 리가.

"그런 것이로군요."

하지만 납득을 했다는 듯 답할 수밖에 없었다. 그에게는 선택권이 없었다.

혹시 모르잖은가.

더 반항을 했다가는 자신조차도 토사구팽당할 수 있었다. 아주 철저하게 이용당하고 버려지겠지.

자신의 사형이라면 그 정도는 수월한 일이었다.

'죽기는 싫다.'

그게 진심. 그러니 따를 수밖에.

"꽤 강한 무위를 가진 자가…… 산적들을 이끈다. 그런 자가 공물행에 성공한 표국들을 노린다 정도가 어떤가?"

"꽤 허술한 작전이지 않습니까?"

"죽은 자는 말이 없는 법이지 않은가."

허술해도 상관없다는 소리다. 어차피 관련된 자들은 모두 죽을 테니까. 죽지 않아도 죽게 만들 것이 분명했다.

"그렇지요."

"그럼 그렇게 해결을 하면 되지 않겠는가? 조용히 지내야 하니 적당히 꼬리를 끊는 것도 좋은 일이지."

"흐우…… 알겠습니다. 그리 처리를 하도록 하지요."

"좋군. 그럼 그리 알겠네. 나는 이만 내일 향화객을 받을 준비를 해야 하니……."

축객령이다. 애시당초 불심도 없는 주제에 향화객을 얼마나 진심으로 대할까.

'볼일을 다 보았으면 가보라는 뜻이겠지.'

불만이 가득 차기는 하였으나, 더 표현은 하지 못하는 상인 사내였다.

"가보지요. 그럼."

"일이 많아 멀리 가보지는 않겠네."

상인 사내가 지주를 남겨두고 물러난다. 그런 지주 사내의 뒤로 전에 보이지 않던 인형이 보인다.

지주 사내는 이미 암행인에 대한 것을 알고 있는 듯 놀라기보다는 먼저 말을 건네었다.

"너무 앞서 나가는 것 같더군."

"그런 듯합니다. 처리합니까?"

"아니지. 아직은 쓸모가 있지 않은가. 다만 지켜는 보게나."

"명!"

같은 대의를 가졌음에도 서로를 믿지 못하는 사형제이지 않은가.

대사형인 그가 가진 질시가 이런 결과를 만들 것일까? 아니면 그 이상의 무언가가 있는 것일까?

누군가는 버려지고, 또 누군가는 감시를 당하는 그날에도 형운사의 밤은 평안하기만 하였다.

第四章
그녀, 오게 되다

본격적으로 의방을 열지를 못한 상태라고 볼 수 있는 운현이다.

그가 그린 밑그림이 워낙에 크다 보니, 의원 한둘이 나와서 처방을 하는 것 정도야 개시 축에도 들지 못했다.

지금의 의방에서만 적어도 열.

그 정도 수의 의원이 의방에서 치료에 전념해야 그가 이 의방에 원하는 최소 수준에 도달했다고 할 수 있으리라.

게다가 거기서 끝도 아니잖는가?

지금의 의방을 넘어 북에 있는 다른 현으로, 그 위에 있는 현으로 계속해서 올라가는 것이 목표다.

적어도 호북성.

그 정도는 아우르는 의방을 만들어 보려 하고 있는 것이다.

그게 가능만 하다면 저 멀리 운현의 스승이었던 왕의원도 잠시 머물렀다는 의선방과 같은 아니, 그 이상의 수준이 될지도 몰랐다.

무공은 몰라도 적어도 의방으로는 최강의 반열에 오르려는 것이다.

그의 꿈이 이뤄진다면 이곳 등산현의 의방은 그에게 있어 본거지나 다름없는 곳이 될 터.

자연스레 그 의방의 규모는 클 수밖에 없었으니, 그에 맞춰 꽤 큼지막하게 의방을 짓게 만든 운현이었다.

"흐으응…… 호기신의가 머물고 있는 곳이 저곳이란 말이지……."

제갈가에서는 말괄량이로 소문이 난 그녀다.

'여기서까지 그럴 수는 없지. 대외적인 거라는 게 있는 법이니까.'

하지만 밖에서까지 그런 짓을 벌일 리는 없지 않은가.

저 멀리 공자님의 말씀을 기억하고 있음은 물론이고, 비록 겉으로 드러난 표의(表意)만이라도 기억하고 있는 그녀다.

게다가 제갈가에서 전해지는 문헌들에, 시조의 활약상까지 교육을 전부 받은 그녀이니, 결코 부족하기만 한 재원은 아니었다.

다만 그 특유의 말괄량이 성격이 문제인 터인데, 그것만 가린다면 외모조차도 제법 출중한 여인이었다.

저 멀리 운현의 의방이 보이던 객잔에 나서기 이전, 옷매무새를 완벽하게 정리한 그녀는 그대로 길을 나섰다.

"아흐, 며칠간 고생을 할 줄은 몰랐네."

"그러니까 조심하라고 하지 않았나? 괜히 신의님이 제한을 두고 파는 것이 아니라고."

"하나 먹고 좋으니, 두 개 먹으면 두 배 좋을 줄 알았지."

"무식하기는!"

숫자 제한. 하나에서 둘. 좋음.

단어를 조합하여 보면 뻔했다. 의방의 특산물이나 다름없게 된 승정환을 한 번에 먹었다가 탈이 난 게 분명했다.

'흐으응…… 남자들이란. 어쨌든 효과가 좋긴 한 건가?'

정력이라면 사족을 못 쓰는 남자에 대한 품평과 함께, 자신의 아버지한테도 챙겨줄까 하는 마음으로 걸음을 계속 옮기는 그녀였다.

'흐음…… 저곳이 말로만 듣던 곳인가?'

조금 더 걸어 들어가니, 접수실이라고 적어 놓은 곳이 그녀의 눈에 띈다.

운현의 의방은 바로 의원에게 직통으로 연결되는 것이 아니라 저 접수실을 통해 들어가야 했다.

듣기로 이번에 구한 인력들 중 몇 정도를 투입했다는 소문이 났다. 다들 글 정도는 쓸 줄 알고, 사리 분별 정도는 할 줄 아는 자들이라던가?

객잔에서 들은 사실이니 틀리지는 않을 것이다.

접수라는 것이 귀찮아 보이는 과정일 수도 있다.

하지만, 접수실에서 미리 환자의 병을 알아 놓는 걸로도 꽤나 도움이 될 것은 분명해 보였다.

"신의님이 아직 안 계신 겁니까? 귀한 약초가 들어 왔는데……."

"저한테 보여주셔도……."

"어이쿠! 보통이라면야 보여드리겠지만…… 워낙에 귀한 것인지라."

"그런 겁니까? 하기야 장약초 님이 그리 말씀하시는 경우가 드물기는 하지요. 그럼 미리 약조를 잡아놓도록 하겠습니다."

"그래주시겠습니까? 하핫."

"예. 장 약초꾼님은 특별히 챙겨드리라는 말이 있으셨으니까요."

"감사합니다. 그럼 내 약조가 잡히는 대로 찾아오도록 하겠습니다."

"금방 잡아 놓도록 하겠습니다."

"하하. 그럼 수고하시지요."

약초를 팔려는 자와 그것을 사야 하는 자의 실랑이인가? 아니, 실랑이라고 하기에는 둘 모두의 눈빛에 호감이 깃들어 있다.

인심 또한 눈빛에 포함되어 있기는 마찬가지다.

'귀한 약초를 먼저 팔려고 나선다? 이곳 인심은 꽉 잡고 있다는 소리겠군.'

귀한 약초는 사가는 사람이 임자다. 판매하는 쪽에서도 여럿에게 흥정하여 판매하는 것이 이득일 터.

그럼에도 신의 의방부터 찾아왔다는 의미는 약간의 이문을 포기하더라도 신의에게 팔려는 것이라는 의미였다.

자신의 이문을 위해서 때로 인면수심의 짓도 해내는 것이 인간이지 않던가. 그런 의미에서 보자면 운현은 인심을 얻고 있는 것이 분명했다.

'흐음…… 상상 이상인걸. 단순히 의술만 높은 것이 아니야.'

객잔에서 이곳에 오기까지 많은 정보들이 넘쳐 났다.

등산현에서 얻은 운현의 인심과 그를 향한 민심. 접수실이라는 새로운 개념을 활용하고 있는 것.

그녀, 오게 되다

아직까지 모든 건물이 지어지지 않은 듯 구석에서는 공사가 진행되고 있는 와중에서도 생각보다도 큰 규모의 의방.

오가는 사람들의 수가 많아 제법 수익을 낼 수도 있을 터였다.

게다가 의방임에도 마을을 위한 시설이라도 된 듯 여유롭게 의방에 자리하고 있는 자들까지.

의술은 이미 토사곽란을 치료하면서 증명한 지 오래. 그에 더해서 민심하면 민심. 인덕하면 인덕. 시설하면 시설까지.

'흡사…… 의선문보다도 더 낫지 않은가? 아니지. 아직 부족한 면이 있기는 하지만 이대로라면……'

어쩌면 무림 내에서도 크게 소문이 난 의선문보다도 나은 의방이 만들어질지도 모를 일이다.

그나마 운현의 의방이 의선문에 비해서 부족한 면이 있다면, 단 하나뿐. 무공 정도이리라. 하지만 그것마저도 표국의 힘과 합쳐지게 되면?

'의선문을 뛰어넘는 것 또한 언젠가는 가능하게 될지도……'

제갈가의 사람답게 말괄량이 근성을 버리고서, 자신에게 주어진 정보들로 새로운 정보를 만들어나가는 제갈소화였다.

그녀는 역시 백 번 듣는 것보다는 한 번 보는 것이 낫다는 진리를 다시금 깨달으며 더욱 안으로 들어섰다.

"무슨 일이신지요?"

앞서 보았던 접수실의 사내가 서글서글한 눈빛으로 제갈소화에게 묻는다.

그녀의 아름다움이 접수실 사내로부터 호감을 산 것도 있겠지만, 평소 교육이 잘 되었기에 보일 수 있는 표정이기도 했다.

"방을 보고 찾아왔습니다."

"방을요? 아아. 사람을 모집하는 것을 보고 온 것이로군요?"

"예."

"흐음…… 접수를 위해서는 미리 적어놓아야 하는 것이 있는데, 괜찮으시겠지요?"

이를테면 기본 조사인가. 거대 문파 정도나 하는 일인데, 생각 이상으로 체계적이지 않은가.

"예. 지원을 하는 것인데 당연한 거겠지요."

"지원하시는 곳이 어디신지……."

"총관입니다."

글을 적던 사내가 고개를 들어 제갈소화를 바라본다.

"총관에요? 지금껏 여러 분이 다녀가시기는 했지만…… 아직 뽑히지 못한 것이 총관입니다."

"그래요?"

"예. 아무래도 다른 일보다 더 중요하다 보니, 심사숙고 끝에 뽑으시려는 듯합니다. 아무래도 합격을 쉽게 하시려면 다른 직책도……."

서글서글한 사내의 표정에는 진심이 담겨 있었다. 진심으로 그녀에게 충고를 하고 있는 것이리라.

그런 사내의 모습에 제갈소화는 되려 의욕이 불타올랐다.

'헤에…… 명성 때문에라도 괜찮은 인물들이 다녀갔을 텐데……'

아무나 뽑지는 않겠다는 건가? 대체 무슨 밑그림을 그리고 있길래 호기신의는 사람을 가리고 있을까?

재미있지 않은가.

"괜찮아요. 그대로 적어주시면 됩니다."

"뭐…… 그렇게까지 말씀을 하신다면야…… 알겠습니다. 그럼 지원하시는 곳은 총관이시고……."

사내는 아직까지 접수실에서의 일에 완전히 익숙하지는 않은 듯, 운현이 마련해 놓은 양식을 기입하는 데 꽤나 시간이 걸렸다.

"다음으로…… 간단한 인적사항 등을 적어주셔야 하는데 말이지요. 실례지만 성함이."

"제갈소화요."

"예?"

사내가 잘못 들었다는 듯 놀란 표정을 짓는다.

여기서 제갈이라는 성이 왜 나온단 말인가? 그것도 호북성에서?

호북성의 반 왕족이나 다름없는 행세를 할 수 있는 자들이 제갈가이지 않은가.

아무리 호기신의의 이름이 호북성에서 드높다지만, 제갈소화를 총관으로 둘 만큼 드높지는 않았다.

"실례지만 잘못 들은 듯합니다."

"아니에요. 그대로 써 주시면 됩니다. 제갈소화라고요."

"……아."

도전의식에 불타오르더니, 그대로 정면 돌파인가? 이대로 소식이 전해진다면야 제갈가에서도 난리가 날지 몰랐다.

접수실의 사내는 놀란 와중에도, 얕은 이성의 끈만큼은 남겨 놓았던 듯했다.

"이, 이건은 제가 처리할 일이 아닌 듯합니다. 잠시만…… 잠시만 시간을 내주시기를……."

"후후. 예."

역시 예상대로다. 이대로라면 바로 호기신의를 만날 수 있겠지.

'어떤 인물이려나?'

생글거리는 제갈소화를 두고, 접수실을 맡던 사내가 급히 호기신의를 향해서 뛰어나간다.

이곳에 있기 전에는 낙방 서생 정도였을 것이 분명한 사내의 뜀박질치고는 굉장히 빠른 속도였다.

"그러니까 이 백약이라는 의미는……."

잠시의 여유시간 사이에도, 의방의 의원들과 장지민에게 자신이 알고 있는 바를 열심히 가르치고 있는 운현이다.

아직은 부족한 실력을 가지고 있는 의원들을 위한 수업이다.

그들은 비록 실력이 부족할지는 몰라도, 가진바 정신은 특별한 자들이지 않았던가? 다들 운현의 설명에 집중하며 열심히였다.

얼핏 동네의 서당 같은 분위기에서도, 한 켠에서는 진료가 이뤄지고 있었고, 또 한 켠에서는 약초꾼들이 판매한 약초들을 정리하는 자들도 있었다.

의방이면서도 의방 같지 않은 묘한 분위기를 풍기는 곳.

하지만 그 가운데 통일감 있는 분위기가 있다면 그건 바로 정적이라는 것 정도일 게다.

"신의님! 신의님!"

그 가운데에서 그를 찾는 사내가 있었다. 제갈소화를 맞이

하였던 서생이다. 이름은 한울.

흔히 낙방서생으로 알고 있으나, 능력이 낮아 낙방을 한 것이 아니라 사람이 너무 깨끗하여 관리직을 얻지 못한 그런 자였다.

"무슨 일이십니까? 어디 응급환자라도……."

"아닙니다. 이번에는 환자가 아닙니다. 다만 생각지도 못한 분이 방문을 하신지라……."

생각지도 못한 손님이라니?

'설마 황녀가 찾아오기라도 한 것일까? 아니 그럴 리가……'

황녀 정도 되는 자는 미리 연통이라도 넣고 찾아왔을 것이다. 아무리 황녀라 하더라도 그런 기본은 지켜야 한다.

아니 되려 황녀이기에 그런 기본을 지키리라. 그렇다면 황녀는 아니다.

'아버지? 어머니? 그런 것으로 한울 소협이 뛰어 올 리는 없고……'

왠지 모르게 궁금증이 가는 운현이었다.

"생각지도 못한 분이라니. 대체 누구입니까?"

"제갈가의 사람이 왔습니다. 제갈가요. 성함을 제갈소화라고 한다 들었습니다."

"흐음, 제갈가라…… 그리고 제갈소화요?"

"예. 똑똑히 들었습니다."

같은 호북성의 무당과는 연관이 많은 운현이다. 당장에 형만 하더라도 둘이나 정식제자이지 않은가.

하지만 제갈가와는 연이 없었다. 아니 연을 만들 상황 자체를 만들 리가 없었다.

'우리 표국은 무당의 세력으로 분류가 되니까. 당연한 이야기인데……'

그런데도 제갈가의 사람이 찾아왔다?

"무슨 일이랍니까?"

"그것이…… 총관직에 지원을 하시겠다고……."

"예?"

이게 뭔 귀신 씻나락 까먹는 소리인가.

남궁미가 우. 연. 히. 만났다며 천병 걸린 마을에 가던 그 경험보다도 황당하지 않은가?

제갈가의 방계라고 하더라도 호북성에서는 제법 알아줄 것이 분명했다. 어디 이런 곳의 총관이나 할 필요가 없는 것이다.

지금 당장에야 자신이 신의라고 불리며 이름이 드높아지고 있다지만, 그건 어디까지나 지금.

제갈가에 비견될 만한 명성을 쌓아 올린 것은 아니니, 격에 맞지가 않았다.

"저도 처음에는 잘못 들은 줄 알았습니다. 그런데도……
사실이라고 몇 번 확인을 시켜 주셨으니."

"허어…… 대체……."

아무래도 여기서 말만 해보아야 소득은 없을 듯 했다.

운현은 놀람과 뜀박질로 여전히 숨을 가빠 하는 한울에게 쉬도록 말하고는 제갈소화가 있을 접수실로 향했다.

＊　　＊　　＊

'조용히 지내는가 싶더니, 제갈가라……'

복잡한 내심을 숨겨가면서 운현은 접수처로 달려 나갔다.

어느덧 구경꾼들이 몰려 있는지라, 그는 제갈소화에게 양해를 구하고는 단둘만이 있을 수 있는 접객실에 들어올 수 있었다.

"경황 중이라 제대로 소개를 못 한 듯하군요. 허명을 가지고 있는 운현이라고 합니다."

"후후. 호기신의님의 이름이 호북 전역에 울려 퍼지고 있는데 허명이실 리가요. 저는 제갈가의 제갈소화라 합니다. 무명은 아직 없습니다."

제갈가 내에서야 말괄량이이니, 천하제일의 망아지이니 하는 소문이 나 있지만 그걸 말할 수 있겠는가?

그녀, 오게 되다

게다가 무림에서의 활동이라고 해봐야 지원당의 일을 돕는 것이 다인지라, 따로 별호는 없는 제갈소화였다.

하지만 별호 따위야 뭐가 소용이 있으랴. 그녀가 제갈가의 여식이라는 것만으로도 독대를 하기에는 충분했다.

적당한 덕담이 오고간 뒤에서야 본론에 도달하게 되었다.

"그런데 제갈가의 여식께서 이곳에는 무슨 일이신지요? 호북 무림은 바쁜 것으로 알고 있습니다만……."

"호홋. 바쁘기야 하지요. 산적에 강시까지 날뛰니까요."

"예. 비록 한 번뿐이긴 했지만…… 일은 일이었지요."

무림이 바쁜데 제갈가의 여식 정도나 되는 자가 왜 찾아왔냐는 이야기다.

"제가 찾아오면 안 되는 연유라도 있는 것인지요?"

"아니요. 그건 아닙니다. 하지만 상황이 상황이지 않습니까."

정면 돌파다.

"몇 가지 이유가 있기는 합니다. 그중 가장 첫째의 이유는 호기심입니다. 저 개인의 호기심."

이런! 이번에도 호기심이란 말인가.

'남궁미도 그러했지……'

제갈가에서 자신에게 관심을 갖는다든가. 자신을 살피러 왔다든가 그런 이유야 예상했지만, 이번에도 호기심이라니!

빌어먹을 호기심!

따로 설명할 필요도 없지 않은가. 남궁가와 같은 연유로 자신에 대해 궁금증을 가진 것이 분명했다.

"진정으로 총관이 되고자 오신 겁니까?"

"예. 일단은요."

"일단인 겁니까······."

가장 큰 이유가 호기심이니, 일단은 호기심을 풀기 위해서라도 총관의 직을 차지하려 한 것이겠지.

하지만 운현도 입장이 있지 않은가. 제갈가의 여식 정도 되는 여인에게 총관 일을 맡길 수가 있겠는가?

게다가 총관 일이라는 것 자체가 문제다.

이곳 중원에선 평생을 바치고 하는 일이기도 하였다.

그러니 언제고 떠날지도 모를 그녀에게 총관일을 쉬이 넘기는 것도 문제다.

'호기심이라는 것이 끼면······ 쉽게 물러날 리도 없고. 에휴······.'

차라리 그렇다면야 차선책이 나왔다.

"······원하신다면 누추한 곳이나, 식객으로도······."

"아니요. 식객을 하려고 온 것이 아닙니다. 제가 총관직을 수행하고자 하는 것은 진심이니까요."

진심은 무슨 진심.

'후우…… 어째 인연이 생기는 여인들마다 복잡하군…….'

제갈소화도 호기심, 남궁미도 호기심이다. 일단은 여인이라고 할 수 있는 황녀도 그에게 앞으로도 여러 의뢰를 맡길 기세지 않은가.

장지민의 경우에는 교육도 해야 하며, 동시에 책임을 져야 할 아이기도 하다.

그나마 그를 귀찮게 안 하는 여인이라고 한다면, 어머니 정도와 하오문의 하연화 정도이리라.

"……정말 진심이신 겁니까? 총관이 되시게 되면 상상 이상으로 많은 일을 하셔야 할지도 모릅니다."

"예. 그 정도는 각오하고 있습니다."

"흐유…… 게다가 문제는 그것만이 아니지 않습니까? 제갈가의 여식께서 의방의 총관을 맡으신다는 것이 소문이라도 나면……."

"후후. 그 정도는 걱정하지 않으셔도 됩니다. 이미 무림행을 허락 맡은 저입니다. 많은 경험이 곧 실력인 제갈가입니다. 총관직도 그런 경험이 될 수 있겠지요."

반은 거짓, 반은 진실을 섞어가며 운현을 설득하고 있는 제갈소화였다.

'신의님이 총관직만 허락하신다면야…… 뒷일은 아버지나 오라버니들께서 어찌 처리해 주시겠지.'

제갈가에서도 자신의 사고 담당은 아버지와 오라버니가 아니었던가. 이번에도 충분히 해결을 해 주실 것이다.

게다가 호기신의에 대한 호기심을 떠나, 그가 숨겨 둔 본의를 알고 싶었다.

과연 그가 이곳 의방에서만 끝을 볼 예정인지. 그게 아니면 그 이상의 무엇을 보고 있는지를 말이다.

"……경험이라. 이미 허락을 받으신 겁니까?"

"후후. 예."

"거절을 하면 불이익이라도 있는 것인지요?"

"어머. 거절을 하시는 건가요? 불이익이야 없으시겠지만은……."

협박 같은 것은 아니다. 하지만 그녀의 눈웃음에는 묘한 마력 같은 것이 있었다.

'홀린 것은 아니긴 한데…… 꽤나 과한 자신감인데?'

도전 같은 것인가? 아니면 진정으로 총관직에도 흥미를 보이는 것인가? 속내를 모르니 알 수가 없다.

다만 그녀의 말대로라면 잠시 기회를 주어도 문제는 없을 터였다.

"좋습니다. 임시 총관직을 맡겨드리도록 하지요. 잘 하실 수 있겠지요?"

"임시인 건가요?"

"예. 임시입니다. 지금까지도 총관이 없는 것은…… 이 임시직에서 통과를 하지 못하였기 때문이니까요."

호북에 이름난 운현이다. 지금껏 지원자가 없었을까. 한울의 말대로 모두 떨어졌을 뿐이다.

"헤에…… 임시라……."

임시라는 말에 그녀의 눈이 불타오르기 시작한다. 그녀의 묘한 승부욕을 운현의 말이 자극한 듯했다.

"좋아요! 임시가 아니라 진짜 총관이 되어주도록 할 거예요!"

"……알겠습니다."

그렇게 운현은 제갈가의 여식을 총관으로 받아들이게 되었다. 생각지도 못한 결과였으며, 그의 고생길의 작은 시작이기도 하였다.

第五章
움직임이 생기다

 그녀는 궁금증이 많았다.

 왕정이 새로 도입한 접수실에서부터, 의방의 병실, 승정환의 생산까지. 궁금하지 않은 것이 없을 정도였다.

 "그러니까, 접수실이라는 것이 앞으로는 시간을 절약시켜 줄 수 있다는 거로군요?"

 "예. 지금까지야, 따로 나뉜 것이 없으니 오히려 과정이 하나 생기긴 한 거지만 앞으로는 다르지요."

 "'과'라는 것을 만드실 거니까요? 과거시험처럼요?"

 "음…… 목표를 그리 잡기는 했지만, 실제 가능할지는 또 모르지요."

내과, 외과, 피부과. 이런 식으로 나눔으로써 병의 치료가 효율적으로 이뤄질 수 있게 된다.

단순한 나눔 같은가?

하지만 환자가 자신의 병을 어느 정도 깨닫고 찾아가는 것만으로도 치료 시간은 대폭 감소할 수 있게 된다.

괜히 현대의학에서 과를 나눴던 것이 아닌 것이다. 하지만.

'한의학에서는 이런 과를 나누는 것이 무의미할 수도 있으니…… 그게 문제겠지.'

몸을 하나의 기관, 기관으로 나누는 것이 한의학이 아니다. 얼굴 따로, 몸 따로, 팔 따로가 아닌 것이다.

한의학에서 인체는 순환이고, 조화 속에서 만들어진 존재다.

그 조화가 깨어지면 몸이 아프게 되는 것이고, 조화를 맞춰주면 몸이 나을 수 있게 되는 것이다.

물론 한의학이라 해서 외과치료가 전혀 없는 것도 아니고, 여러 파가 나뉘어 굳이 조화에만 치중하는 것은 아니다.

하지만 대체적으로 그렇다는 것 정도는 중원의 누구도 아니라 말하지 않을 터다.

그러니 한의학의 특징으로 말미암아 접수실을 만든 것도 결국에는 쓸모없는 일이 될 수도 있었다.

"신의님도 모르실 수 있는 것이로군요."

"저라고 해서 만능은 아니니 말입니다. 하핫. 다만 쓸모 있기를 바랄 뿐이지요."

"그래도 잘 생각해 보면 굉장히 큰 효과를 거둘 수 있을지도 모르겠네요. 확실히요."

그녀는 항상 이런 식이었다.

운현에 대한 호의를 가져서인지, 일단 운현이 하는 것을 궁금해하고, 그것을 파악하면 좋게 봐주고는 한다.

"좋게 봐주셔서 감사합니다."

"아니에요. 총관 일을 하면서 정말 생각 이상으로 많이 배우는 기분인 걸요."

"다행이군요."

호의에는 호의로 보답하는 법. 덕분에 운현과 제갈소화의 사이는 급격히 가까워지고 있는 편이었다.

분위기가 좋아서일까. 그녀가 은근한 표정으로 묻는다.

"그러니 슬슬 이제는 임시직을 떼고, 정식으로……."

"하핫. 그건 아니 될 말씀입니다. 더 지켜봐야 한다는 것을 아시잖습니까?"

"칫. 알겠어요. 알겠어."

"소저, 아니 총관도 아시다시피 상황을 봐야겠지요. 아직 총관으로서 본격적으로 일을 한 것도 아니고요."

"예. 이해해요."

그녀도 아쉽기는 하지만 어쩔 수 없다는 태도였다. 운현의 말대로 그녀가 온연히 총관이 되기에는 문제가 많았다.

차라리 임시로 두는 것이 나중에 가서도 괜찮을지도 몰랐다. 제갈가의 문제라든가, 주변의 시선 같은 문제도 있으니까.

아쉬움을 접은 그녀가 높이 떠 있는 하늘을 바라보더니 말한다.

"그나저나 이제는 슬슬 가실 때이지요?"

"예. 슬슬 가보기는 해야겠네요. 적당한 시간이겠군요."

"그럼 다녀오세요."

의원으로서의 치료. 또한 하연화로서의 약속을 지키기 위해서 홍루로 몸을 움직이는 운현이었다.

의뢰에 대한 대가로 이 주에 한 번 정도. 빠르면 일 주에 한 번 정도씩 야화들을 찾아가 치료를 해주고 있는 것이다.

"호홋! 오셨군요!"

"예. 오늘은 몇 분이나 치료를······."

"어머. 검진의 날이잖아요. 모두겠지요. 후후."

운현이 여인들을 치료하기 위해서 움직이고 있을 때. 다른 곳에서도 조심스러운 움직임이 계속 되어가고 있었다.

*　　*　　*

운현의 의방에 제갈소화가 간 것은 호북 무림에 있어 꽤나 신선한 소식이자, 자극이 될 수밖에 없었다.

당장 무당의 자소전만 하더라도 그 이야기로 꽃을 피울 정도다.

"허허. 제갈가의 여식이 신의에게?"

"그렇다고 합니다. 그들답지 않지요."

운인 도장이 알기로 제갈가는 음험하지는 않으나, 그렇다고 대놓고 일을 꾸미는 자들은 아니었다.

그들은 냉철한 이상을 바탕으로 움직이는, 무인 같으면서도 무인 같지 않은 이들이다.

신의에게 접근을 할 것이라면 그들다운 다른 방식으로 접근을 하려고 하는 것이 당연한 이야기인 터.

그런데 이번의 접근 방식은 전혀 그들의 방식답지 않았다.

"제갈가가 신의와 신의의 집안에 신경을 쓰고 있는 것이야 이미 개방으로부터 귀띔을 들었다지만…… 확실히 그들답지는 않군."

"예. 혹시 소문대로일지도 모르지요."

"소문 말인가?"

"예. 제갈가의 본격적인 지시로 접근한 것이 아니라…… 제갈소화라는 제갈가의 여식이 신의에게 호감이 있다는 소문이 있더군요."

"흐음…… 그러한가."

"아니 땐 굴뚝에 연기가 나는 것은 아니지 않겠습니까?"

"허허."

이통표국의 첫째와 둘째를 정식 제자로 둔 무당이다.

그들에게 무공을 전수할 생각이고, 그 진신무공을 전수함으로써 무당의 영향력을 행사하기로 결정을 내린 지 오래되기까지 했다.

그 정도만 하게 된다면, 호기신의를 포함하여 이통표국까지 무당의 확실한 세력으로 삼을 수 있다고 여긴 터.

헌데 제갈가의 여식이라는 전혀 생각지도 못한 변수가 생겨 버렸다.

"무량수불. 양과 음의 만남이 자연스러운 것이라고는 하지만…… 허헛."

"신의라고는 해도 한창일 남자기는 하지요. 그런 곳에 재색을 겸비한 여인이 같이 있게 되었으니……."

잘하면 그 둘이서 함께하게 될지도 모를 일이다. 신의가 이대로 계속해서 명성을 올린다면야, 혼인 정도도 무리가 아닐지도.

'혼인이라……'

제갈소화가 지원당주의 자식이기는 해도, 이번 대에는 많은 자식들이 있으니 충분히 생각해 볼 법한 방안이다.

"허허. 무당에서도 좀 더 본격적으로 움직여야 할지도 모르겠구먼."

"예. 제갈가와 다툴 필요까지는 없지만……."

밀릴 필요도 없다.

호승심이 강하지 않은 운인 도장으로서는 제갈가와 다투는 것은 질색이다. 그게 그의 성격이다.

하지만 제갈가에서 이리 노골적으로 나온다면야 가만있을 수만은 없었다.

"허허…… 시국이 수상한데…… 또 다른 작은 풍운(風雲)이라니……."

내부를 단속할 지금이지 않은가. 무당파도 어떻게든 수를 내야 했다.

* * *

소식은 호북을 넘어 안휘에까지 전해졌다.

정확히는 남궁가다.

인연으로 말미암아, 평소 운현에 대해서 크게 신경을 쓰고 있는 그들이니 소식이 빠르게 전해진 것도 당연했다.

"아버님. 부르셨는지요."

남궁미는 어느덧 피어나는 꽃이 아닌 화려하게 만개해 가는

움직임이 생기다 95

꽃이 되어가고 있었다.

안휘성에 있는 여느 남성들이라면, 가슴 졸일 만한 미색을 지니고 있으니 그녀의 미모는 보통이 아니라 해도 과언이 아니었다.

그럼에도 그녀는 자신의 미모를 이용하여, 사내들과 어울리기보다는 무를 닦음에 더욱 열을 올렸다.

어릴 적, 자신의 아비와 함께 피습을 당하던 그날의 일로 말미암아 더 높은 무공에 대한 열성이 있는 덕분이리라.

'신의에 대한 호승심도 있겠지…… 무공은 아니어도 의술도 뛰어나니까.'

또한 그의 아버지 남궁현의 생각도 맞는 생각이었다.

나이 이상의 능력을 보이는 운현에 대한 작은 호승심도 그녀가 무를 닦는 데에 한 몫을 하고 있었다.

질시보다는 선의의 감정으로 보이는 호승심이었기에, 남궁현으로서는 꽤 기꺼운 호승심이었다.

그는 수련을 하느라 땀에 전 딸을 데리고서는 근래 들은 흥미로운 이야기를 꺼내었다.

"허허. 그 아이가 제갈가의 여식과 함께 하게 되었다구나?"

"그 아이라 하심은……."

"신의 말이다. 호기신의."

"……."

잠시의 침묵. 생각을 정리한 것이리라. 본래 성격이 침착한 딸아이니 당연한 모습이다.

"……여인과 함께 있다구요?"

"그래. 제갈가의 여식이 직접 찾아와 총관직을 시켜 달라 했다구나. 그래서 임시직으로 있다지?"

모르는 척 말하지만 꽤 자세히 알고 있지 않은가.

게다가 흐뭇한 표정으로 웃고 있는 것을 보면 남궁현은 지금의 상황을 즐기고 있음이 분명했다.

"……그렇군요. 여인이라."

"그래."

"아직 찾아오지 않은 이유가 여인 때문일지도 모르겠군요."

그럴 리가!

운현이 안휘성 남궁가를 찾아오겠다는 약속을 그녀와 하기는 했다. 하지만 그건 어디까지나 시간이 날 때의 이야기다.

당장에 의방일로 바쁜 그가 안휘성을 찾아 올 여유가 있을 리가 없지 않은가.

그런 사실을 모를 리 없는 남궁현일 터인데도, 그는 되려 딸을 부추기고 있었다.

"허허. 한창 혈기왕성 할 때이지 않으냐. 그럴지도 모를 일이지. 아닐지도 모르고."

그럴지도 모르고 아닐지도 모른다. 이보다 무서운 말이 또 어디에 있으랴.

 운현이 살던 현대에서 속칭 찌라시에 나올 법한 말이지 않은가!

 많은 사람들이 이런 말에 낚여서 얼마나 많은 피해를 입었던가. 남궁소 또한 마찬가지 상황이 될지도 몰랐다.

 "……."

 그녀가 침묵 속에서 여러모로 생각을 해간다. 딸의 그런 모습이 어색하지 않은 남궁현인지라 그는 빙긋 웃으며 딸을 바라보고 있었다.

 "어떠냐. 이참에 교류도 하고…… 남궁가의 일도 전할 겸 등산현에 찾아가는 것이?"

 "등산현으로요?"

 "그래. 허허. 우연찮지 않기도 하고 마침 기회도 좋지 않으냐?"

 그런 것인가. 남궁현으로서는 자신의 딸아이가 운현을 찾아가는 것을 바라고 있는 듯했다.

 남궁가의 외문당주로서 운현에 대한 무슨 생각이 있는 듯하였다.

 '뭐 겸사겸사…… 짝을 찾는 것도 나쁘진 않을지도 모르지. 그 아이라면야…….'

 알고 보니 아주 능글맞은 생각이지 않은가?

그런 생각을 하고 있는 아버지를 상대로 남궁미가 가만히 자신의 아버지인 남궁현을 직시한다.

"……이번은 속아드리지요, 아버지."

속아 준다라.

남궁현이 남궁미가 등산현으로 가기를 바라고 말하는 것을 알면서도 속아준다는 이야기일 게다.

역시 그녀는 찌라시 같은 것에 당할 만큼 바보는 아닌 것이다.

"허허. 가겠다는 의미이겠지?"

"예. 가야겠지요."

"잘 생각했다!"

남궁소의 등산현행이 결정되었다.

* * *

상인 차림의 사내는 결국 자신의 대사형이라 할 수 있는 지주스님의 말에 따를 수밖에 없었다.

성을 제외하고 서로 간에 이름도 말하지 않는 지독함은 이동 속에서도 통용이 되는 것이었던가.

그는 호북을 가로질러 움직임에도 그 누구에게 들키지 않은 채로, 자신의 사제가 있는 곳에 도착했다.

"캬하하. 여기 이놈부터 따자고!"

"어딜! 말도 안 되는 소리! 이놈부터라니까!?"

사람이 사람을 쉬이 죽이고.

"꺄악! 살려주세요!"

"하하하. 이리 오라고!"

또 여인을 노리고 달려드는 망아지 같은 사내들이 잔뜩 있는 곳.

누가 보아도 무법천지라고 볼 수 있는 이곳의 주인은 양민이 아니라 산적이었다.

"여전하군."

그들은 안에 들어선 상인 사내가 보이지 않는 것인지, 아니면 의도적으로 모른 척하는 건지는 몰라도 그를 없는 사람 취급하고 있었다.

가만 생각해 보면 상인은 주로 산적들의 강도 대상이지 않은가.

그런데도 상인 사내를 눈치채지 못한다는 것은, 상인 사내가 어떤 묘수를 이용하여 산적들의 눈을 피하고 있다는 뜻이었다.

"오셨습니까?"

"그래. 여기는 여전하구나."

"산적들이니 말입니다."

"직접 나서 정리를 할 생각은 없고?"

"어떻게 말입니까? 하하. 이미 많은 사람이 봐서 꼬리가 깁니다."

하지만 다른 누구는 아니더라도 그의 사제는 그를 알아보는 것이 가능한 듯하였다.

그를 보자마자 바로 근황을 물어보는 것을 보면, 그들 간의 어떤 수단이 있는 것이 분명하다.

하기야 이런 식으로 자신들의 자취를 감추는 수가 없었더라면, 호북에서 일을 벌이는 것 자체가 불가능했으리라.

무공 실력이야 어찌 되었던, 이들이 자신을 가리는 실력은 보통을 넘어섰다.

"운 사제."

"흐음…… 운 사제라니요. 그리 진지하게 이야기 하시는 것을 보면…… 역시군요?"

산적보다는 서생에 가까운 몸을 가지고 있는 사내는, 상인 사내가 도착할 때부터 지금의 상황을 직감하고 있던 듯했다.

상인 사내의 말에 놀란 표정을 짓기보다는, 바로 체념의 표정을 지었다.

그런 사제를 보며, 상인 사내는 지금의 상황을 전해야 하는 부글거리는 속을 다스리고는 눈을 한번 찔끔 감았다 떴다.

"……미안하다. 네가 다시 나서줘야 되겠구나."

"결국에는…… 그리 결정된 겁니까? 사형."

"그래."

"다른 사형들은 가만있었답니까?"

"대사형과 나 둘의 대화로 결정이 되었다."

둘만으로 결정이 되다니. 체념의 표정을 짓고 있던 그의 눈도 결국에는 분노로 가득 찼다.

"하…… 사형이 제게 하는 말이 죽으라는 말인 것은 알고 하시는 말씀이시겠지요?"

"……."

때로 침묵은 긍정이다.

말을 전하는 상인 사내도 자신의 명령이 곧 사제에게는 죽음으로 다가갈 수 있음을 모를 리 없었다.

그들 사형제 간에 바보는 없으므로 당연한 이야기다. 이것도 파악 못 할 사형제는 이미 죽은 지 오래다.

사내가 회한이 어린 표정을 지었다.

"하하하…… 하핫. 그런 겁니까? 저의 죽음이 사형제가 모두 모일 값어치도 못 되는 겁니까? 예? 하핫."

아니 체념, 울분, 회한, 분노, 그 어떤 모든 부정적인 감정이 모두 점철된 채로 말하고 있었다.

허나 상인 사내는 그런 사제의 말을 받아들여야 했다. 그것이 사형으로서, 또한 이곳에 전달자로서 온 자신의 의무였다.

그 의무마저 져버려서야 사형으로서의 마지막에 마지막 남은 작은 체면도 서지 않을 것이다.

"운 사제……."

"이 사형은 수련동에 들어갔었지요. 그래요. 쓸모가 있었겠지요. 이 사형은 강하니 말입니다."

"그런 게 아님을 잘 알지 않은가?"

"그렇습니까? 사형은 그리 생각합니까? 아니, 대사형은 과연 그리 생각하고 있을까요?"

"……."

다시 침묵이다.

"대의에 따라 희생이 있을 수 있다는 건 압니다. 알아요. 그걸 모를 리가 있겠습니까?"

"……알고 있겠지. 물론……."

"예. 허나 그 희생도 결국에는 그 근간에 강함이 있다는 것도 압니다. 제가 더 강했다면…… 좀 더 나았다면 지금 이리 버려지지는 않았겠지요."

받아들여야 한다. 그럼에도 상인 사내 또한 분노가 전혀 없었던 것은 아니기에 울분에 찬다.

"……무슨 대답을 원하는 것인가? 응? 이 못난 사형이 그런 현실을 인정해 주어야 하는 것인가? 말해 보게나, 운 사제!"

"……."

움직임이 생기다

이번에는 되려 침묵하는 쪽은 운 사제였다. 그도 자신의 사형이 원해서 이런 결과를 가지고 온 것이 아님을 알고 있는 것이리라.

그저 넋두리라도 풀어보려, 어린 날의 그날처럼 사형에게 떼를 쓴 것일지도 몰랐다.

'그래. 딱 그 정도……'

다시 생각해도 넋두리 그 이상은 되지 못한다. 또한, 자신은 이 현실을 벗어날 방법 또한 없었다.

대사형의 말대로 나아가야 했고, 죽을 자리를 찾아서 죽어야 하리라.

그게 그에게 마지막 남은 대의를 실행하는 일이다.

"후우…… 언제 나가면 되는 것입니까?"

"사형은…… 가능한 한 빠르면 좋다고 말하였네."

"빨리 죽게 되겠군요. 하하."

"……사제."

"괜찮습니다. 사형도 원해서 전하는 것은 아니겠지요. 알고 있습니다. 알고 있어. 책임질 사람이 필요했겠지요. 저번의 실패를."

"……그럴지도 모르지."

"예. 최대한 화려하게 사라져 주면 되는 것 아니겠습니까? 이 천둥벌거숭이 같은 녀석들을 데리고요."

사내의 주변으로는 이미 많은 이들이 있었다.

"키키킥!"

"다 죽여! 죽이라고!"

두 사형제를 신경 쓰지 않은 채로, 말 그대로 천둥벌거숭이같이 노략질을 일삼고 사람을 해하는 그런 존재들이다.

해충.

하지만 그들로서는 다루기 편한 해충이 바로 이들이었다. 인원이 적은 그들에게 부족한 수를 채워주는 존재기도 하고.

'아니지. 어쩌면…… 수가 부족한 게 아닐지도……'

잠시 다른 생각을 하던 그가 다시금 자신의 사제를 직시한다.

"어떻게 움직일 건가?"

"하핫. 마지막에, 마지막까지도 보고를 하긴 해야 하는 것이로군요?"

"……그렇네."

"화려하게 불타오른다고 말씀드리지 않았습니까? 다시 한 번 호북을 발칵 뒤집어야지요! 아주 발칵! 그 정도면 제 목숨값 정도는 되지 않겠습니까?"

"……그건 좋네만. 꼬리가 길어지면……."

"걱정 마시지요! 그런 걱정은! 죽는 그날까지도 모든 것을 지켜줄 테니!"

"……."

다시금 침묵하는 사형을 안타까운 듯 바라보는 사제다.

"사형. 어쩌면 말입니다. 우리는 대의라는 말 아래에 잘못된 길을 걷고 있는 것일지도 모릅니다."

"……그럴지도."

"하지만 이미 가담을 했으니 어찌 하겠습니까? 한바탕 날뛰다 가면 될 뿐인 것을요. 하핫. 그래도 사제의 죽음치고는 화려하지 않습니까?"

"그래. 화려하구먼."

"먼저 가 있겠습니다. 그럼 사형은 최대한 천천히…… 아주 천천히. 오시기를…… 가시지요. 멀리는 못 나갑니다."

"……."

축객령에도 상인 사내는 한참을 두고 자신의 사제를 바라봤다. 마치 그것이 자신에게 내려진 임무처럼.

그리고 이내 그도 어쩔 수 없다는 듯, 사제를 두고 저 멀리 움직여 가고 있었다. 사제가 말한 대로 보고를 위함인 것이겠지.

'대의를 실행하기 위함인데도…… 어찌 이리 서글프단 말인가.'

누군가가 화려하게 불타오르려 하고 있었다.

第六章
움직임의 결과들

"다녀오겠습니다."

"그래. 잘할 것이라 생각한다."

그녀가 짤막한 말을 남기고서는 남궁가를 떠난 지 오래다.

아무리 무공을 익힌다 하더라도 하나의 성을 지나가는 데는 생각 이상으로 많은 시간이 소요될 수밖에 없었다.

게다가 이번의 경우에는 그녀의 수행원까지 함께하는 상황이다. 이번 출타가 꽤나 장기적인 일이 될지도 몰랐으니까.

그렇다 보니 자연스레 운현의 의방을 향한 그녀의 걸음은 늦어질 수밖에 없었다. 시일이 필요한 것이다.

그사이 그녀는 무림의 많은 일들에 대한 소문을 안휘와 호북의 경계에서부터 들을 수 있었다.

"호북에 다시 난리가 났다더군."

"호북에? 안 그래도 많은 난리가 있었잖은가. 산적도 그렇고 그 강시라는 것도……."

호사가들의 이야기는 사실을 기반으로 하기 마련이다. 입으로 먹고사는 자들이라 과장은 심하지만 아주 못 쓸 정보들이 아니었다.

자연스레 그녀의 귀도 객잔에 있는 호사가를 향해 있었다.

"그랬지. 이번에도 그 산적이라는 것이 문제라는구만?"

"산적이? 공물로 한 탕 했을 텐데? 말이야 바른 말이지. 그만한 재산이면…… 평생은……."

"허어이! 입 잘못 놀리다가 큰일 나려고 그런 소리를 하나?"

시국이 시국이지 않은가. 입으로 먹고사는 호사가라지만 잘못 입을 놀리다가는 죽기도 십상이다.

그러니 자연스레 친우나 다름없는 호사가에게 입조심을 시켰다.

"내가 산적질을 하자는 소리가 아니잖은가. 말이 그렇다는 소리지!"

"알겠네. 어쨌거나, 모든 산적들이 성공한 것은 아니잖은가? 저 멀리 이름난 이통표국만 하더라도 크게 이겨냈고!"

"아아. 그 신의가 계시다는 곳의 표국?"

"그래. 그곳이 가장 먼저 물리치고 호북성 성도에 도착했었다지. 그거야 옛날이야기기는 하지만 말이지."

"그래. 그러니까 지금의 이야기부터 해주는 게 어떤가?"

"그래. 그러자면……."

호사가가 은근한 눈빛으로 주변을 바라본다. 자신이 이야기보따리를 풀 만큼 가치 있는 뭔가가 있기를 바라는 것일 게다.

이런 식이었던가. 적당한 추임새로 신경을 끌었으니, 이젠 적당한 대가를 바라는 것이겠지.

"이것을 가져다 주거라."

"은자인 겁니까?"

"그래."

남궁미는 그리 생각하면서, 자신을 따라온 수행 무사 중 하나를 시켜 호사가에게 은전을 건넸다.

"커험! 이거! 이거! 큰 손이 계시는구먼! 내 오늘만큼은 최선으로 한바탕 이야기를 해보겠으이."

"어서 시작하라고!"

"그러니까…… 다시 산적들이 나선 것은 저 호북성 서쪽 의도현 부근에서부터였지……."

사내의 이야기가 시작된다. 근래에 들어서 다시금 호북의 근심거리가 된 산적들에 대한 이야기였다.

"킥. 어서 죽여!"

공물을 취하기 위해서 약에 취했던 대가일까? 그들은 고통을 모르는 대신에, 광기를 함께 얻게 되었다.

약의 부작용으로 머리가 반쯤은 비어버린 광인(狂人)들이 된 것이다.

오죽 약물에 취했으면 공물을 취했음에도 그 공물을 이용하여 호사를 누릴 줄도 모를까.

덕분에 운 사제라 불리던 그는 공물의 상당수를 빼돌려 자신의 사형들에게로 전달을 해 줄 수 있었을 정도다.

어쨌거나 이러한 뒷사정은 호사가들도 모르는 상황이지만, 하나 확실한 게 있다면 그들이 다시 모습을 드러냈다는 거였다.

"시작하라!"

운 사제라 불리던 산적 사내는 아주 익숙한 모습으로 광인들을 다스리고 있었다.

광인들의 삶을 유지하는, 아니 그들의 광기를 유지할 수 있게 하는 약들이 그로부터 나온 덕분에 통제가 가능하리라.

그들은 자신을 광인으로 만든 것에 대한 원망도 없는 것인지, 시작하라는 사내의 말에 잘도 따랐다.

"움직이자고!"

"좋아! 좋다고!"

무인 정도의 수준은 아니다. 삼류 무인도 안 되는 정신없는 몸놀림이다.

하지만 광기와 고통을 느끼지 못하는 몸이 합쳐진다면, 삼류의 무사들 정도는 가볍게 상대할 수 있는 실력을 갖추게 된다.

목표는 의도현의 남쪽 어귀에 있는 꽤나 큰 마을에서부터였다.

'최대한 화려하게 피어오르려면……'

최대한 많은 이들을 괴롭히는 것이 좋겠지. 사내는 그리 생각했다. 그렇기에 마을 어귀에서부터 시작하여 움직이기 시작한 것이다.

호북성 서쪽에서부터 가능하다면 동쪽에까지. 그것이 사내의 마지막을 불태우기 위한 계획이었다.

"꺄아악! 살려주세요!"

"으악."

약에 취했어도 살행으로 업을 쌓는 것에는 문제가 없는

지, 이백여 호에 가깝던 마을이 초토화되는 것도 순간이었다.

하기야 천이 넘는 산적들이 한꺼번에 움직이고 있는데 어찌 이런 마을에서 감당할 수 있을까?

"다 죽여!"

반나절의 시간도 걸리지 않아, 촌락이라 할 수 있는 곳이 그대로 호북성의 지도에서 지워져 버린다.

사내의 명령을 받아 마을을 초토화시킨 산적들.

"킥. 다음은? 다음은 어떻게 하면 돼?"

아니, 이제는 광인이라 할 수 있는 자들은 다음의 목표를 원했다.

"일단은 각자 찢어지자."

"찢어져? 그럼 약은?"

"그건 충분히 줄 거다. 그리고 나눠져야 더 많은 것을 할 수 있으니까."

"많은 것. 충분…… 그래. 찢어지자!"

아이 같은 천진난만함을 보여주고 있지만, 그가 가진 광기 어린 눈매는 살업을 하는데 능력이 충분함을 보여주었다.

하기야 그가 이렇게 날뛰어 보는 것도 살면서 몇 번이나 되었겠는가.

호북성에서 작은 산채를 이끌던 그이지만, 하루하루가 불안했을 거다. 무려 무당과 제갈가가 있으니까.

그런데 사내를 만나고부터는 공물도 털어보았다. 지금은 전에는 손도 못 댔을 마을을 쉬이 털었다.

약 덕분에 고통도 느껴지지 않는다.

그 덕분인지, 산적들의 기세는 치솟다 못해 하늘을 꿰뚫을 정도였다. 사내의 명령이 아니더라도 이곳저곳 들쑤시고 다닐게다.

"그럼 나는 북쪽으로!"

"그래. 나는 다시 서쪽으로!"

"……알아서들 하게."

사내도 어차피 일을 벌이는 데 필요한 수는 삼백 정도면 될 것이라 여겼다. 정 안되면 다시 합류하면 될 일이고.

어디까지나 약에 취한 광인들은, 자신의 마지막을 장식하는 데 화려한 장작만 되어주면 되는 것이다.

"흐음…… 그럼 나도 확실히 움직여 볼까. 가지."

"예!"

그가 그 휘하의 산적들을 이끌고서 움직이기 시작한다.

"가자!"

동서남북 호북성의 모든 방향으로 공물을 훔쳤던 산적들이 다시 들끓기 시작했다.

무당이나 제갈가에 두려움을 느끼던 산적들이 아닌, 광기 어린, 두려움도 없는 그 상태 그대로!

"호북에 다시 일이 벌어지는 거군…… 으음."
그 모든 이야기를 들은 남궁미의 표정이 심각해진다.
본래부터 꽤 냉정한 표정을 짓곤 하는 그녀인지라 심각함이 더해지니, 어중간한 사람은 피할 정도의 냉막함이 완성되었다.
"빠르게 등산현으로 가야할 듯해."
"예!"
같이 이야기를 들은 수행 무사들과 수행원들이 등산현을 향해서 속도를 더하고 있었다.

＊　　＊　　＊

'일단은 기다려야 하는 것인가……'
호북성에 난리가 나기 시작했지만, 운현으로서는 당장에 나설 수가 없었다.
무력만큼은 드높지 않은 자신이 아닌가.' 자신 하나가 나선다고 해서 날뛰는 산적들을 처리해 줄 수는 없었다.
게다가 의술을 사용한다고 하더라도, 당장 몇이나 구할 수 있겠는가.

차라리 그런 식으로 이동에 시간을 할애하는 것보다는 자신의 계획대로 움직이는 것이 종래에는 더 많은 자를 구할 수 있을 거라 판단한 운현이었다.

'전장에 다시 나서고 싶지 않기도 하고……'

자신이 명예를 탐하는 자였거나, 공명심이 아주 넘친다면 또 모를 일이다. 하지만 그렇지 않은 자신이지 않은가.

나설 이유가 없었다.

다만 걱정은 되기는 하였다.

어쨌거나 자신은 호북성에서 나고 자란 호북인이지 않은가. 그것은 부모님과 형제도 마찬가지다.

어떤 식으로든 호북에서 일이 생기게 되면 영향을 받을 수밖에 없을 터. 그라고 해서 전혀 걱정이 되지 않을 리가 없었다.

당장에 식사 자리만 하더라도 그 영향이 있었다.

"커흠……"

"벌써 식사를 다하신 거예요?"

"아무래도 입에 들어가지를 않는군. 오늘은 내 먼저 가겠네."

"그래도…… 이거라도……"

"괜찮네. 괜찮아."

아버지인 이후원이 가족의 식사시간을 중요히 여기는 것

은 알 만한 사람은 다 알 만한 사실이지 않은가.

그런 이후원이 식사 도중에 그만둔다는 것은, 그만큼 현 상황이 그에게 시름을 가져다준다는 의미였다.

'그러고 보니 표행 중인 표사가 꽤 많았었지……'

표국이 잘나간다는 의미는 표행 의뢰가 많다는 의미. 자연스레 표행으로 나가 있는 표사들이 꽤 많은 상태다.

그런 상황에서 산적들이 날뛴다는 소식이 들어왔으니 자신의 아버지인 이후원의 분위기가 좋지 못한 것도 당연했다.

"현아."

"예."

그런 남편이 마음에 걸린 것일까?

"네가 이 요깃거리랑 챙겨서 아버지께 한번 가보거라."

"예."

어머니는 빠른 손으로 요깃거리 몇 개를 챙기고서는 운현의 손에 쥐어주었다.

아버지를 위해서, 그의 마음을 헤아리기 위해서 운현은 집무실에 들어서 있을 아버지를 향해 들어갔다.

"운현이냐?"

"예."

"허허. 들어오거라."

안으로 들어서니, 전처럼 어색한 수렴이 아닌 멋들어진 수염을 완성한 지 오래인 이후원이 운현을 기다리고 있었다.

잘 늙어가는 중년의 모습을 하고 있는 이후원이건만, 그 중후함을 덮을 만큼 근심이 가득해 보였다.

"산적들의 일로 염려하시는 겁니까?"

"그래. 표두나 표사들이 잘 해낼 것이야 알지만…… 걱정을 안 할 수는 없구나."

그는 국주다.

지도자로서 아래의 사람들을 걱정하는 것은 당연한 이야기였다. 특히나 이후원은 정이 많기로 소문난 이이지 않은가.

그가 이러는 것도 당연했다.

운현은 아버지에게 힘을 주기 위해서라도 확신 어린 어조로 위로를 건네었다.

"괜찮을 겁니다. 여태껏 잘해 오신 분들이지 않습니까?"

"그래. 그래야 하지 않겠느냐. 허허. 잘 해내야겠지. 이 아비도 최악을 걱정하는 것은 아니다."

표행에서 최악이란 표물을 잃고 표두, 표사들이 전부 죽는 것.

'그런 일이야 당연히 없을 거다. 금갑괴공도 있으니까……'

다른 표국은 몰라도 이통표국의 표사들은 특별하지 않은가.

무위에 상관없이 외공도 익힌 그들이다. 게다가 운현의 도움으로 내공도 표사들치고는 높은 편에 속한다.

어지간해선 최악의 상황은 오지 않을 것이다.

"그래도 산적들이 들끓게 되면 부상자들은 꽤 나오겠지. 좋은 일은 분명 아니다."

"예. 그렇겠지요. 사람일이란 것은 모를 일이니까요."

"그게 문제인 것이다. 위기를 기회로 하기 위해 노력한다손 치더라도…… 그 과정에서 이렇게 일이 벌어져서야…… 좋지는 않구나."

가문을 꿈꾸는 아버지다.

그것을 위해서 위기를 기회로 삼으려 하던 아버지다. 그런데 그 중간에 일이 벌어지다니?

세상사 모든 일이 자신이 생각하는 대로 벌어지는 것은 아니라고 한다지만, 현 호북은 확실히 일이 자주 벌어지곤 했다.

"그래도 괜찮을 겁니다, 아버지. 믿고 있을 수밖에는 없지 않겠습니까?"

"허허. 그래. 이 아비가 중심을 잡고 있어야겠지. 이 아비가 네게 괜한 걱정만 주는 것 같구나."

"아닙니다."

자신의 아버지다. 자신을 낳고 키워준 아버지. 못내 자신에게 미안함을 가지고 있는 아버지다.

가문을 꿈꾸면서도, 승정환을 팔아달라던 무리한 부탁도 들어주는 아버지이지 않은가. 그런 아비를 위해서 무슨 일이든 못하랴.

그가 위로를 하고 있으려니 이후원이 열망 어린 눈빛으로 운현을 바라본다.

"흐음…… 이대로만 준비를 하면 된다고 여겼건만…… 어쩌면 더욱 크게 준비를 해야 할지도 모르겠구나."

"어떤 식으로 준비를 하시려는 것입니까? 제가 도움이 되는 것이 있다면 응당 도울 것입니다."

"허허. 달리 무엇이 있겠느냐? 이미 하던 일들이 모두 도움이 되는 일인 것을. 다만 이 아비가 바라는 것이 있다면 하나뿐이겠지."

운현을 자랑스러워하기만 하는 이후원이 그에게 무엇을 바라는 것일까?

아버지가 자신에게 무엇을 바란다 말하는 것은 자주 있는 일이 아닌지라, 운현은 궁금증이 생길 수밖에 없었다.

"무엇인지요?"

"결심이다."

"결심이요?"

"그래. 네 결심. 고 표두로부터 들었다. 네가 무인으로서의 결심이 아직 서지 못하였다고…… 그래서 무공 수련도 피하고 있다고 말이다."

"아아…… 분명 그런 면이 있기는 하지요."

운현은 순순히 아버지의 말을 인정했다.

첫 공물행에 나섰던 날. 사람을 죽였다. 살인을 했다. 그 뒤에 강시도 죽였다. 무인으로서 움직였다.

모두 사람을 살리기 위해서 한 일이라고는 하지만, 그 과정에서 사람을 죽인 것에 대한 죄책감은 어쩔 수 없는 그였다.

그래서일까?

무공도 현재는 답보 상태에 있는 그다.

의술은 날이 갈수록 완숙에 이르러 가고 있는데, 무공은 잘해야 일류 정도의 수준에 여전히 머물러 있는 상태인 것이다.

마음에 결심이 서지 않아서다. 자신의 행위에 대해서 제대로 확신을 가지고 있지 못해서인 것이다.

그것을 모를 운현이 아니었다.

"의술의 길을 걷기로 한 것을 알고 있다. 그래서 의원이 되었던 것이고. 아버지가 그것을 모를 리가 있겠느냐. 다만 아들아."

"예. 아버지."

"난세가 도래하고 있다. 아니, 지금 당장이 난세일지도 모르지. 그런 상황에서 피하기만 해서야 좋지 못할 일이다."

"……알고는 있습니다."

"그러니 생각하고, 또 생각해 보거라. 이 난세에 네가 어찌해야 할지를 생각해 보라는 것이다."

"……그것을 위해서 의방을 확장하고 의원들을 모으고 있습니다."

"허허. 그걸 말하는 것이 아님을 알지 않느냐?"

"……예."

"많은 사람들을 구한다는 네 꿈을 위해서는 의방에서 끝을 내서는 안 될지도 모른다."

"그럴지도 모르지요."

"모순되게도 사람을 살리기 위해서 무공을 사용해야 할지도 모를 곳이 세상이지 않더냐."

"그 모순에 아직 고민이 됩니다."

아버지의 말은 어떤 의도가 있는 것이 아니다. 오롯이 자신의 자식인 운현을 위해서 하는 말이었다.

난세가 도래했으니, 마음가짐을 바로 하라는 것.

방황을 그만두고, 의술만큼이나 무공에도 매진하라는 아

움직임의 결과들 123

버지의 바람이었을지도 몰랐다.

어쩌면 이후원의 바람은 너무도 큰 바람이고 기대일지도 몰랐다.

의술 하나, 무공 하나를 제대로 익히지 못해서 평생을 헤매는 사람이 얼마나 많던가?

그럼에도 이후원은 자신의 자식인 운현에게 무와 의의 양립을 말하고 있었다.

난세를 이유로 들지만 난세보다도 아버지의 바람이 더욱 크게 작용했다는 것을 모를 두 사람이 아니었다.

'어찌해야 하는가……'

의방만 확장을 하면, 확장된 의방들로 사람들을 구하면 될 일이라 생각했다.

헌데 사람을 구하기 위해서는 의술만이 아니라 무공도 필요로 하는 난세라 한다.

평화로운 무림이라 일컬어지는 시대에서, 어째 호북의 무림만이 어지럽게 돌아가고 있었다.

'무공을 더욱 매진해야 하나. 아니면 기의 연구? 의방으로는 충분치 않을까. 모르겠군.'

복잡스러운 생각에 운현의 얼굴이 작게 찌푸려진다.

'소설 속의 주인공들은 너무도 쉽게 결심을 하고, 그를 실행해 내기만 하건만 어째 나는 머뭇거림이 너무 많군.'

좀 더 노력해야 할지도 라고 생각하고 있을 때에, 아버지가 다시금 입을 열어 말한다.

"아들아. 잘할 수 있을 것이라 믿는다. 이 아비가 지운 짐이 너무 무겁더냐? 허허."

"아닙니다."

"아니다. 정히 무거우면 이 아비에게 기대면 될 일이지 않겠느냐. 그게 가족이니까."

"……아버지."

그래. 자신의 아버지라면 자신이 기대는 것으로 부담을 가지지 않을 것이다. 아버지로서 아들인 자신을 보호하기 위해서 무슨 일이든 벌일 터.

그런 아버지가 자신의 아버지다. 그리고 이런 가족을 가지게 된 행운을 얻은 자신은.

'……할 수 있는 모든 일을 하는 것이 예의겠지. 가족을 위해서라도.'

의원으로서가 아니라 어쩌면 무인으로서도 더욱 매진을 해야겠다 생각을 하는 운현이었다.

앞으로를 위한 그의 결심이 더더욱 깊어지고 있었다.

第七章
그녀들……

"오늘은 새로 들어 온 약초부터 점검할 예정이에요."

"총관님이 직접 말입니까?"

"예. 슬슬 일도 파악을 했으니 거기부터 움직이는 게 좋겠지요."

아직 임시 총관이다.

그녀도 임시 총관 정도가 문제를 크게 일으키지 않는 것을 알았기에, 근래에는 임시 총관으로 만족을 하는 듯했다.

그래도 일처리는 확실했다.

한울을 필두로 하여, 접수처나 그 밖에 여러 일을 보고 있는 자들을 규합해 낸 것은 물론이고, 의방의 의원들도 꽉 잡았다.

그녀가 제갈세가 출신이라는 것도 한몫하기는 했지만, 그녀의 능력이 전혀 없었더라면 못 해낼 일이기도 했다.

'뭐 능력이 있는 것은 좋으니까. 일단은 도움이 되고.'

당장에 그녀를 들이게 되면 날지도 모른다고 우려하던 이상한 소문이 나지도 않는다.

문제도 없다. 능력도 출중하다. 그것이면 되지 않겠는가.

'일단은 더 크게 움직일 필요도 있고 말이지.'

계획이 바뀌게 된 것은 아니다.

하지만 이왕 움직이는 김에 아버지와 가족에게 득이 될 만한 것들을 위해서도 움직이기로 마음먹은 운현이다.

의방 일을 넘어 가족들도 더 신경 쓰기로 마음먹은 것이다.

그러니 능력이 좋은 제갈소화가 총관의 역할을 하면서 자신을 도와주는 것은 기꺼울 만한 상황이었다.

전과는 이야기가 다르게 된 것이다.

"그럼 오늘은 약초 점검이군요. 그런데 이 약초 점검이란 게 쉬이 되는 건 아닙니다. 알고 계시죠?"

"예. 한번 정도는 신의님의 설명을 듣는 것이 좋다더군요."

약초학이 괜히 있는 것이 아니다. 약초의 효능을 아는 것도 중요하지만 의원으로서는 다른 것도 잘 알아야 했다.

바로 보관이다.

약초라는 건 꽤나 복잡한 생물이다. 종류에 따라, 상황에 따라 저장하는 방법도 크게 달라질 정도다.

그러니 아무리 능력 있는 그녀라도 설명을 들어야 했다.

"자아, 그럼 가서 설명을 하도록 하지요. 백문이 불여일견이니까요."

"부탁드릴게요."

그와 그녀가 연인이라도 된 듯 오붓한 모습으로 약재 창고를 찾아갔다.

그즈음.

"도착이로군요."

"응."

예정보다 빠르게 운현의 의방에 도착하게 된 남궁미가 있었다.

* * *

약재 창고에는 그녀가 아는 것도, 또한 알지 못하던 것도 여러 가지로 섞여 창고를 그득 채우고 있었다.

"약방에 감초라는 말이 괜히 있는 것은 아니었군요?"

"예. 생각보다 자주 들어가게 됩니다."

"호오……."

운현이 제각기 다 이름표를 달아 놓은 덕분에 처음 보는 그녀지만 약초를 쉬이 파악하고 구경을 해 나갈 수 있었다.

그런데,

"갈대도 약이 되는 건가요?"

"아아. 갈대 말입니까? 당연히 약이 됩니다."

"갈대가 약이 된다라…… 신기하군요."

강가에서 흔히 볼 수 있는 것이 갈대다. 그런 갈대가 약초가 될 수 있다니, 금시초문인 그녀였다.

"싸면서도 의외로 약효가 센 게 갈대입니다. 관련된 이야기도 있을 정도지요."

"관련된 이야기요?"

운현의 말에 그녀가 호기심을 보인다.

"예. 약초에 관련된 이야기치고는 별거 아닌 이야기일지도 모르겠습니다만은……."

"약초에 관련된 이야기라니…… 왠지 흥미로운걸요?"

"하핫. 별거 아닙니다. 가난한 농부에게 하나뿐인 아들이 있었더랬지요. 그 아들이 어느 날 열이 오른 겁니다."

"……열병인거군요."

"그럴 수도 아닐 수도 있지요. 하지만 열병이란 것이 농부들에게는 큰 병일 수 있지 않겠습니까?"

현대가 아니다.

아니, 현대에서도 열은 무서운 존재다. 열을 잘못 잡기만 해도 쉽게 뇌손상이 일어나 죽을 수도 있다.

그런 무서운 것이 '열'인데 가난한 농부의 자식에게 열이라니!

농부로서는 대번에 놀랄 수밖에.

"그래서 어떻게 되었지요?"

"당연히 집사정보다 자식이 먼저니, 농부는 약방을 찾아갔다고 합니다. 그리고 거기서 절망을 봤다더군요."

"약이 비쌌던거군요?"

"예. 은자로만 열 냥을 불렀다고 하더군요. 과장이 들어가기는 했겠지만…… 약이 비싸긴 하지요."

"약을 사지 못했겠군요."

"예. 그래서 눈물을 흘리고 있으려니…… 거지가 찾아왔었답니다. 구걸을 하러요."

"아아. 그 뒤는 왠지 알 만하네요. 그 거지가 갈대가 약초가 됨을 알려주었던 거겠지요? 호홋."

역시 눈치가 빠른 여인이다.

"예. 거지들은 열이 나면 갈대 뿌리를 삶아 먹는 것을 알려준 것이지요. 사소하다면 사소한 일화…… 엇?"

그때다.

한창을 오붓하게 이야기를 나누고 있으려는데, 왠지 뒤에서부터 묘한 살기가 느껴지는 것이 아닌가.

또한 익숙하기도 한 기세이기도 했다.

운현은 무언가 이상한 느낌이 드는지라 이야기를 끝마치기도 전에 등을 돌려 무슨 상황인지부터 파악을 하려 했다.

운현이 고개를 돌리니, 가까이서 있던 제갈소화 또한 뒤를 돌아보았다.

"남궁 소저?"

"……."

그리고 그곳에는 꽃보다도 청초한 모습을 가릴 만큼 냉막한 표정으로 운현을 바라보고 있는 남궁미가 있었다.

　　　　＊　　＊　　＊

제갈가와 남궁가는 같은 오대세가이지 않은가.

처지가 비슷하면 서로 정이 붙는 것은 당연한 이야기인지라 두 가문의 사이는 그리 나쁘지 않았다.

하지만 어찌된 일인지 지금의 상황에서 제갈소화와 남궁미는 서로 작은 원수지간이라도 된 듯 살벌함을 풍기고 있었다.

"오랜만입니다, 남궁 소저. 그런데 남궁 소저께서 이곳에는 어인 일이신 겁니까?"

"일이 있어서요."

"일인 겁니까? 등산현에서 딱히 하실 일이시라는 게……."

예전에 사파와의 다툼 후에 우연찮게 만났던 남궁미다. 부상을 치료해 주었던 게 인연이 되지 않았던가.

'이번에도 사파와 관련된 일인가?'

운현이 그리 생각하고 있으려니, 남궁미가 정정을 해 주었다.

"이번에는 신의님과 관련 있는 일입니다."

"저요?"

"예. 남궁가에서 하는 정식 의뢰입니다. 지급은 아니지만 시일이 많이 걸리는 일입니다. 으음……."

그녀가 중간에 말을 멈춘다.

아무리 제갈가와 남궁가가 사이가 좋다지만, 그 내용까지 제갈가에 말할 의무는 없지 않은가.

제갈소화가 있으니 말하기 꺼려진다는 태도였다.

"지금은 제가 낄 자리가 아닌 듯하군요. 저는 잠시 창고를 보고 있겠습니다."

"부탁드리겠습니다, 총관님."

"호호. 그럼 두 분 좋은 시간 보내시기를……."

뭔가 말에 뼈가 들어가 있기는 했지만, 그것으로 내색은 않는 남궁미였다. 고개를 숙임으로써 답례를 할 뿐이었다.

그렇게 둘이 된 운현은 그녀로부터 꽤나 장기적인 의뢰를 받게 되었다. 어쩌면 당장에는 필요가 없는 의뢰기도 하였다.

그리고 지금의 그에게는 남궁가의 장기 의뢰가 아니라, 다른 것이 문제였다.

"……의뢰야 시간을 두고 할 만한 일이었다손 치지만…… 이곳에서 머무르시겠다고요?"

"임시입니다. 남궁가 수행 인원들이 머무를 만한 곳을 마련할 때까지만 잠시 자리를 마련해 주시면 안되겠습니까?"

"하아……."

의방에 자리야 남아돌았다. 아직까지도 목표한 대로 의원들을 채우지 못했으니, 방이 부족하지는 않다.

하지만 제갈소화를 받아들이자마자 바로 남궁가의 남궁미라니? 무언가 작위적이지 않은가?

'묘하게 여난이라면 여난이로구만……'

운현은 그리 생각하면서 물었다.

"객잔들도 분명 있을 텐데요? 오히려 이곳에서 머무르는 것보다 편하실지도 모릅니다."

"아무래도 그것은 피해야 할 듯해서…… 부탁드리겠습니다."

남궁가의 여식으로서 아무 데나 머무를 수는 없는 것인가.

하기야 자신의 의방을 제하면 등산현에서 그들이 편히 머무를 만한 곳이 몇이나 될까.

그나마 남궁가와 인연을 둔 자신이 있는 의방이 등산현에서 가장 편한 곳이 되기는 할 것이다.

'무리가 되는 부탁도 아니니 거절이 되려 무리려나……'

딱히 거절을 할 만한 명분도 없다. 그러니 운현으로서는 답이 정해져 있었다.

"알겠습니다. 역시 임시이기는 하겠지만 원하시는 만큼 머무르셔도 됩니다."

"감사합니다."

그렇게 남궁미도 운현이 있는 의방에 머무르게 되었다.

전혀 생각지도 못한 여인의 방문이며, 또한 여난의 본격적인 시작을 알리는 시작점이기도 하였다.

* * *

"후우우……"

이른 새벽에서부터 연공을 하는 것은 무인으로서 당연한 일인 터.

선천생공을 익히고 있는 운현 또한, 다른 것은 몰라도 운기행공만큼은 열심히였다. 아니, 전에 비해서 확실히 집중도가 높아졌다.

　무공이라는 하나에만 집중할 생각은 여전히 없지만, 아버지의 말마따나 무공에 좀 더 신경을 쓰기로 하였으니 당연한 이야기다.

　그렇게 이른 새벽부터 운공을 마치고, 경공부터 검술을 되풀이하고 수련을 하고 나면 어느덧 아침을 맞이하게 된다.

　"왔느냐?"

　그 이른 아침, 운현의 부모님은 다른 이들과 함께하고 있었다.

　"호홋. 공자님. 좋은 아침이에요."

　"좋은 아침입니다."

　"……."

　제갈소화, 남궁미, 장지민. 세 여인이 그 주인공이다.

　한 명은 의방의 총관으로, 다른 하나는 의방에 식객으로 머무르게 된 처지지만 어쩌다 보니 아침을 같이하게 되었다.

　그것도 가족과의 식사로.

　운현의 부모님인 이후원이나 정미로서는 그 상황이 부담스러워 할 법도 하건만 오히려 기꺼워하였다.

　"허허. 사람이 많으니 좋군."

　"그러게요."

　되려 상황을 즐기고 있달까?

부모님은 기뻐하고, 지민은 여전히 침묵하며 남궁미와 제 갈소화는 운현에게 집중을 하는 상태로 아침식사가 이뤄지곤 했다.

'흐으. 왠지 요즘 들어 식사만으로도 심력이 소모되는군.'

사람으로서 다른 이의 시선이 부담스러운 것은 당연한 일인 터.

매일 아침마다 두 여인, 아니 지민을 포함하여 세 여인의 묘한 시선을 받는 운현으로서는 아침식사도 고난이 될 수밖에 없었다.

"오늘도 함께이신 겁니까?"

"예."

게다가 남궁미의 경우에는 자신의 무공 수련 시간을 제외하고는 운현을 따라다니곤 했다.

남궁가 한 의뢰 때문이 아니라, 전에도 그러했듯 그녀의 호기심이 이유였다.

"오늘 수업은 역시 약초가 좋겠지? 기초가 튼튼해야 하니까 말이야."

"예."

지민의 수업을 할 때도, 의방의 사람들을 치료를 할 때도 그의 가까이에는 남궁미가 자리를 하고 있었다.

남궁미가 계속해서 함께하려 해서일까?

묘한 차이지만 남궁미가 오고 나서부터는 제갈소화의 총관으로서의 방문도 늘어난 느낌이었다.

"신의님. 오늘도 역시 약초 창고를 정리하는 게……."

"그건 이틀 전에 하지 않았습니까? 약초가 아무리 손이 많이 간다지만, 그곳을 맡으신 분도 따로 있으니……."

"그렇다면 얼마 전에 표행에서 들어온 정승환의 수익 계산을 다시……."

"몇 번 확인했습니다. 그러실 필요는……."

항상 이런 상태였다.

진료를 보든, 누굴 가르치든, 공무를 하든 간에 가까이에 여인들이 있었다.

'신경 쓰이기는 하는군……'

처음에는 무시하자면 무시할 수 있을 거라고 여겼지만, 남을 무시한다는 것도 어디 뜻대로만 될 일이던가.

세 명의 여인들이 계속해서 그의 주변에 있으니, 나날이 피곤해질 수밖에 없는 운현이었다.

"역시 신의님인가!"

"허허. 한 명도 보기 힘든 미모인데 말이지."

"대단하지. 대단해!"

남들은 세 아름다운 여인들이 함께 하는 것에 부러워하는 눈치였지만, 운현으로서는.

'피곤하다.'

예정되어 있지 않던 피곤함에 작게 한숨을 쉬는 나날들이었다. 여난이 이리 고된 것인 줄이야.

"흐으…… 뭐 일이라도 만들어야겠군."

"예?"

"아니, 아닙니다."

어쩌면 잠시 여인들과 떨어져야 할 일이라도 만들어야겠다고 생각하면서 다시금 움직이기 시작하는 운현이었다.

*　　*　　*

"흐음…… 그나저나 의뢰인가."

저녁의 시간이 되어서야 그녀들도 각자 할 일이 있으니 물러난다. 물론 이제는 가족이나 다름없게 된 장지민은 함께였다.

다름이 아닌 남궁가의 의뢰를 위해서 자리를 마련한 운현이다. 지민에게도 좋은 교육이 되겠다고 여긴 터라 함께다.

"어떤 의뢰였죠?"

"음…… 다른 게 아니고 영약이었다."

지민은 전에 비해서 자연스러운 말투로 운현에게 묻고 있었다. 그녀도 발전이라면 발전을 한 것이다.

"영약요?"

"그래. 음…… 정확히는 내가 만든 오행환과 같은 걸 얻고 싶다더라고."

오행환. 그가 초창기에 많은 시행착오 끝에서 얻은 것이 오행환이다.

나무의 목, 물의 수, 불의 화와 같은 오행이 담겨 있는 오행환이지 않은가.

오행이라 일컬어지는 것의 상성을 이용해서 내공 수행에 도움을 주는 영약이니 만큼 남궁가에서도 탐이 날 만했다.

"으음……."

"걸리는 게 있는 거지?"

"예."

장지민은 예리한 아이다. 그녀도 운현이 내색은 하지 않았지만 처음 의뢰를 받았을 때의 꺼림칙함을 알았다.

"뭔지 알 만하기는 하지. 남궁가 정도 되면 영약이 없으려야 없을 수가 없겠지?"

"예. 그런데도 의뢰를 맡겼죠."

"그게 의문이기는 해."

남궁가가 영약이 없겠는가? 왕정에게 영약에 대한 연구에 도움이 되라고 되려 영약을 주었던 그곳인데?

말도 안 되는 소리다.

그런데도 남궁가에서는 운현에게 영약을 만들어 달라고 의뢰를 했다.

'이미 좋은 것을 가지고 있는데도…… 새로운 것이라.'

남궁가에서 의뢰를 한 것은 영약 때문이 아니라 다른 목적이 있어서일지도 몰랐다.

의뢰라고 말한 것은 그 목적을 위한 가림막일지도 모른다는 소리다.

"뭐 다른 의도가 있기는 한 듯하지만 좋은 의뢰기도 하지. 그들이 내건 것이 있으니까."

"그래요?"

"그래."

그들이 의뢰의 대가로 내 놓은 것은 이류의 것이기는 하지만 무공이었다.

당장에 운현이 연구를 할 수 있을지는 의문이지만, 무공이라는 것은 그 자체로 가치를 지니지 않은가.

충분히 의뢰를 받을 만한 가치가 있었다.

"……오행환을 강화하며 얻은 성과도 있으니 못 할 건 없지. 적당히 만들어 내도 충분히 만족할 테니까."

어차피 그들이라고 해서 대단한 능력을 가진 영약을 바라고 오진 않았을 터다.

처음부터 영약치고는 대단하다고 하기 힘든 오행환을 들

먹이면서 의뢰를 맡기었으니, 약간의 강화판 정도면 충분할 것이다.

약재가 현재의 오행환보다는 조금 비싸지기는 해도 그 정도야 감수해 낼 수 있는 남궁가일 테니 문제도 아니다.

"문제는 내가 의뢰를 해결하는 사이에 대체 남궁가는 왜 현에 있으려 하냐는 건데…… 흐음."

"뜻이 있겠죠."

"뜻인가. 무림이라는 곳이 전혀 생각지도 못하게 일이 벌어지기도 해서 말이지……."

고 표두를 통해서 크고 작은 무림사를 전해 들었던 운현이다.

그렇게 듣고 내린 결론은 현대인인 그로서는 상상도 할 수 없는 이유로 사람이 죽고, 살아나기도 하는 곳이 무림이라는 것이다.

난장판이라면 난장판.

하지만, 그 안에서도 합리성이 있기도 하고 피를 끓어오르게 하는 어떤 가치가 있기도 한 곳이 또한 무림이었다.

그러니 남궁가의 일이라는 것도 그가 전혀 생각하지 못한 일로 그에게 관련이 될 수도 있을 가능성이 있었다.

무언가 있기는 한데 정보가 부족했다.

'가족의 일을 신경 쓰는 걸로도 충분한데 말이지. 하오문

이라도 찾아가 봐야 하려나?'

부족한 정보를 채우려면 정보를 다루는 곳을 가는 게 좋을 터. 하지만 이내 운현은 고개를 설설 저었다.

왠지 당장에 하오문에 가서 의뢰를 넣는다고 하더라도 무언가를 얻을 수 있다는 생각이 들지 않았기 때문이리라.

"자자, 어쨌거나 의뢰는 적당히 시일을 끌다가 처리를 하도록 하고, 그 전에 중요한 건 역시 그거겠지?"

"무공요?"

"그래. 예정대로 움직여 봐야겠지."

의방을 확장하는 것이 예상보다 지지부진한 상태다. 가장 핵심인 의원을 구하지 못하고 있기 때문.

그렇다고 해서 다른 모든 일들을 손을 놓고 있을 수는 없지 않은가.

아버지 이후원이 표행에서 승정환을 판매한 덕분에 자금은 더더욱 확보가 되었으니, 그 자금이라도 사용해서 움직이면 될 터다.

'슬슬 기 연구에도 더 집중을 하려면 표본이란 많으면 많을수록 좋겠지.'

오랜만에 흑점을 찾아가야 할 때였다.

第八章
오랜만에 찾다

 운현이 의뢰를 수행하고, 그 진의를 알기 위해서 조심스레 움직임을 갖고 있는 것 정도야 남궁미도 알았다.

 그는 바보가 아니었으니 남궁가의 의뢰가 뭔가 이상하다는 것쯤은 알고 있을 것이다.

 '중요한 건 그게 아니니까······.'

 하지만 자신들의 의뢰에 뭔가 이상한 점이 있다는 것 정도는 상관없었다.

 중요한 것은 남궁가의 사람들이 등산현에 잠시 머물 만한 구실이다. 쉽게 말해 시간이 필요한 것이다.

 "준비는 잘되어 가는가?"

"등산현 내에 큼직한 공사들이 이어지니, 목수를 구하는 게 어렵긴 합니다."

남궁미의 물음에 남궁가에서 파견 나온 무사가 조심스레 어려움을 표한다.

"으음……."

"작은 현이니 어쩔 수 없는 듯합니다. 외부의 목수들이라도 불러들일 수밖에 없을 듯합니다."

그들이 필요로 하는 것은 삼십 정도가 머무를 만한 장원이다. 그쯤이면 아주 충분하고도 남았다.

헌데 그런 정도의 건물 하나를 지으려고 하는 것부터가 막힐 줄이야.

이통표국에서부터 시작된 목수들의 일거리가 의방에까지 이어진 것을 생각지 못한 덕분이다.

"어쩔 수 없군…… 장원이라도 없나?"

"아무래도…… 그런 상황입니다."

"시일이 필요하기는 하겠군."

"예. 하지만 시일이 필요할 뿐 어려운 것은 없는 듯합니다."

"어쩔 수 없군."

십수 년 전의 일. 자신의 아버지 남궁현이 당할 뻔했던 그 일을 잊지 않았던 남궁미다.

남궁가 또한 그 일을 잊었을 리가 없었다. 그 일을 위해서 굳이 무리해서 등산현에 찾아 온 것이다.

본디는 무당의 영역이자, 제갈가의 영역에 이런 식으로 똬리를 틀면 안 되었으나 어쩔 수 없었다.

무인으로서 복수는 해야 하는 법이고, 그 복수에 시간이 든다면 이런 식으로라도 준비하는 것은 당연한 이야기였으니까.

"느리더라도 확실하게…… 부탁하지."

"예!"

딱딱 끊어지는 남궁미의 명령을 무사들이 받아들여 움직이기 시작한다.

'……으음. 그는 뭘 하고 있을까?'

어린 나이임에도 중책을 맡고 있어서일까. 왠지 모를 피곤함을 느끼면서도, 운현에 대한 생각을 잊지는 않는 남궁미였다.

* * *

천하의 미녀가 될 여인들 중에 하나인 남궁미가 그리고 있는 운현은 오랜만에 흑점을 찾고 있었다.

관제묘, 굽이굽이 꺾인 길, 가옥 몇 채.

흑점이 있는 그곳은 시간을 비껴가기라도 하는 듯, 가까이 있는 등산현의 변화에도 아무런 변화가 없었다.

인위적이라면 인위적인 모습이었다.

'또 진인가. 좀 다른 느낌인데…… 흐음. 하기야 이번에는 진도 구하기로 하였었지.'

아는 만큼 보인다고 하던가. 그도 아니면 집중을 하면 전에 없던 것이 보인다 말을 하던가.

두 번째 보는 것이지만 흑점의 진은 역시 신기했다.

"또 암어를 말해야 하는 것입니까?"

보이는 사람은 없다. 하지만 사람이 있는 것은 확실했다.

"신의님, 전에도 말씀 드렸듯 전통이란 겁니다. 전통."

"흐유…… 알겠습니다. 알겠어."

암구호가 전통이라니. 어째서 하오문이나 흑점은 이런 암구호를 좋아하는 것일까.

하기야 자신이 찾아든 곳은 흑점이라 불리는 곳이 아니던가. 이런 전통쯤이야 이해 못할 바는 아니다.

"이곳에 아주 작은 달이 있다고 들었습니다만…… 등산현에 딱 들어맞을 만한 것이라 들었습니다."

운현의 정확한 암어에 답이 들려온다.

"아직 날이 차지 않아 때가 아닙니다만은?"

"계속합니까?"

"예. 계속입니다."

"이곳에 밤이 들어 차 있는데 날을 맞추지 못할 것이 뭐 있겠습니까? 됐습니까?"

"하핫. 예! 됐습니다."

여전히 얍삽한 인상의 흑점주는 전보다는 밝은 얼굴을 하고서는 운현을 맞이하고 있었다.

진심 어린 미소는 아니고, 이를테면 상인의 미소 정도가 되리라.

"이번에는 혼자 오셨습니까?"

"바쁘지 않습니까? 다들."

"하기야 등산현에서 가장 바쁜 곳을 꼽으라면 이통표국이 되기는 하였지요. 흐훗."

꼼꼼한 얍삽함. 그게 이곳 흑점주가 가진 특징이지 않은가.

덕분에 전에는 운현에게 된통 당하기는 하였지만 이번에는 결코 만만하게 당해주지 않을 것이다.

"그나저나 이번에는 무슨 일이신지요? 영약에 관한 서적은 새로 들어온 것이 없습니다만……."

"이번에는 영약에 관한 게 아닙니다."

"그거 다행이로군요!"

무공을 구입하면서 영약에 관한 책도 구매했던 운현이다.

그런 책들이 많은 것은 아니다 보니 흑점이라 해도 없는 듯했다.

"그렇다면 이번에도 무공인 것입니까?"

"예. 무공입니다. 조건은 전과 동일하지요. 추가금은 물론 없는 것을 알고 계시겠지요?"

"아무렴요! 정공에, 뒤탈도 없으며, 파훼법도 알려지지 않은 것이 맞겠지요?"

"예. 그런 겁니다."

"하핫. 그럼 이것을 보시지요."

왜 이렇게 방정맞게 구는 것일까? 전에 운현에게 당한 것을 잊기라도 한 것일까.

사내가 건넨 무공표에는 그럴 만한 이유가 있어보였다.

'비싸졌군······'

가격으로 장난질을 치려다 이미 한 번 걸렸던 흑점주가 아닌가. 그럼에도 또 수작질을 벌일 확률은 낮았다.

그런데도 기준표의 가격이 올랐다는 것은, 무공의 가격이 전체적으로 올랐다는 소리다.

'나 말고도 무공에 수요를 가진 자가 있는 건가······ 흠······ 어쩐지 생글거리더라니······ 이유가 있었군.'

모를 일이다.

어쨌거나 생각보다 돈을 더 쓰게 생긴 운현으로서는 좋은 상황만은 아니라 할 수 있었다.

"꽤 올랐군요?"

"어쩔 수 없었습니다. 요즘 무공이 많지는 않은지라…… 당장에 표만 봐도 전보다 수가 줄지 않았습니까?"

수가 줄긴 줄었다.

수요와 공급의 법칙이 쓰이기라도 하는 건가. 그렇다면 몰래 장사하는 암상인치고는 꽤나 현대적이지 않은가.

이곳이 아니고서야 무공을 구할 수도 없으며, 공개된 곳에는 없을 여러 물건을 구할 수는 없는 터.

가격이 올랐다 해도 어쩔 수 없었다.

"좋소이다. 어쩔 수 없는 일이겠지. 이번에도 외공들을 챙겨주시지요. 그리고 여러 잡기들도 함께 말입니다."

"잡기들도요?"

"그래요."

잡기.

흔히 무림에서 말하는 잡기라고 하는 것들은 별의별 것들이 많았다.

물에서 숨을 오래 쉬게 하는 수어공에서부터 시작하여, 땅을 파게 하는 토행공에, 그것을 응용한 산 타는 무공까지 있을 정도다.

나중에는 절세의 신공으로 소문이 나기도 하였지만, 그

연원이 백정들의 칼질이란 무공도 있었으니!

무공이란 것도 나름 생활 밀접 무공이 많았던 것이다. 그것들을 주로 무림에서는 잡기라고 하였다.

"그런 것들이야 저기 현의 서점 같은 곳에서도 팔 텐데요."

괜히 잡기가 아니기에 흑점주의 말대로 현에 몇 없는 서점에서도 그런 잡기 관련 서적이 있기는 하다.

하지만 서점에서 구할 잡기는 치명적 단점이 있었다.

"흑점에서처럼 제대로 된 것들은 적지요."

"……그것도 그러하지요. 개중에는 꽝도 있으니 말입니다. 이거, 이거. 잡기를 찾으려면 시간이 좀 걸리긴 하겠습니다요."

잡기를 찾는 자들이 많지는 않은 것인가. 하기야 괜히 잡기가 아니니 그럴 수 있었다.

어쩐지 물건을 사준다고 해도 인상이 좋지 못하더라니, 돈이 얼마 안 되는 잡기로 발품을 팔게 되니 그런 듯하다.

"그럼 부탁드리겠습니다."

"예이. 반 시진만 기다려 주시죠!"

그렇게 운현은 흑점에서 외공과 잡기들을 구할 수 있었다. 그에 더해서 진의 기초에 관련된 서적까지는 덤이었다.

　　　　　＊　　　＊　　　＊

　제갈가에 이어서 남궁가까지 운현의 의방에 머무르게 된다는 것은 무당 입장에서는 씁쓸한 모습일 수밖에 없었다.
　다 잡은 고기보다는, 잡힐 고기가 더 매력적으로 보이는 탓일까?
　무당에서는 이문환과 이명학에 대한 수련을 더욱 집중적으로 살펴주기 시작하였다.
　운현에 대한 호감을 운현과 같은 배에서 나고 자란 형제들을 통해서 표현하고 있는 것이다.
　"흐아압!"
　"그 자세가 아니잖느냐! 좀 더 위로!"
　"옙!"
　덕분인지 이명학과 이문환의 무공은 또래의 다른 정식 제자들보다는 높은 수준을 유지하는 데에 성공할 수 있었다.
　무당의 집중적인 보살핌도 보살핌이지만, 두 형제들이 노력을 하지 않았었더라면 도달치 못한 성과기도 했다.
　큰형인 이명학의 실력은 일류. 그것도 깨달음만 얻으면 절정이 될지 모를 일류의 완숙이다.
　둘째의 경우 수련이 늦은 탓인지 아직 일류의 초입에 머무르고 있는 상태다. 하지만 시간만 주어진다면 일류까지는 무난할 터.

이 정도라면 무당을 대표하는 후기지수 정도는 못 되더라도, 먹칠을 할 만한 실력은 결코 아니었다.

집중적인 수련이 끝난 뒤에는 둘만의 대결을 펼치고는 하였다.

"형님. 오늘은 쉽지 않을 겁니다!"

"새로운 초식이라도 익힌 것이냐? 하핫."

"아무렴요! 갑니다!"

그 둘이서 일일 행사나 다름없는 비무를 벌이려는 찰나.

"허허. 보기 좋구나."

"스승님!"

"스승님을 뵙습니다!"

그들의 스승이자, 운현에게는 선천생공을 건네준 인연이 있기도 한 운인 도장이 형제를 찾아왔다.

스승이기는 하나, 운인 도장은 자소전의 중책을 맡고 있는 자가 아니던가.

지금 이 시간에 그들을 찾아올 만큼 여유로운 자는 아니었다. 그럼에도 찾아왔다는 것은 무슨 일이 있다는 의미였다.

"수련은 잘 되어 가느냐?"

"열심히 할 뿐입니다."

"헤헤. 평상시랑 같지요."

첫째와 둘째의 성격다운 대답이었다. 둘 모두 열심히 수련에 임함은 이곳 자소당 사람이라면 다 아는 일인 터.

"허허······."

제자들의 부단함이 기꺼운 운인 도장으로서는 그저 웃음을 지어보일 뿐이었다.

"그래. 너희라면 잘할 수 있을 거라 믿는다."

"기대에 부흥키 위해 노력하겠습니다!"

"저도요!"

"아무렴. 그런데 첫째 명학이는 잠시 이곳을 떠나야 할 듯하구나."

"이곳을요?"

한창 수련을 해야 할 자신이 떠나다니.

무슨 소리인 것일까? 당황스러운 표정을 한껏 하고 묻는 이명학이다.

평소 진중하기만 한 성격을 가진 명학이니 그가 당황해하는 표정은 운인도장으로선 꽤 신선하기도 하였다.

"그래. 동기들 몇과 밖에 좀 다녀와야겠구나."

"무사행인 것입니까?"

"허허. 그리 거창하다고는 못하겠구나. 명학이 너는 네 고향을 가게 될 예정이란다."

"등산현을 말입니까?"

"그래. 근래에 산적들이 호북에서 날뛰는 것은 알고 있겠지?"

"물론입니다."

산골에서 수련을 한다 해서 바깥의 일을 전혀 모를 리가 없었다.

아무리 수련 중이라고 하더라도, 무당의 사람이라면 호북성의 일 정도는 알음알음 들을 수 있었다.

그렇다 보니 현재 바깥이 망아지처럼 날뛰고 있는 산적들로 시끄럽다는 것 정도야 훤히 알 수 있었다.

덕분에 수련 중에서도 표국에 대한 걱정으로 심란해하기도 했던 두 형제기도 했다.

그런데 그것과 자신들의 외출이 무슨 상관일까?

"네 동기들 말고도 이번에 많은 아이들이 바깥으로 나가게 될 것이다."

"산적들을 막기 위함입니까?"

"그래. 이곳저곳에서 날뛰니 막아야 하지 않겠느냐? 정파인이라면 응당 해야 할 일인 것이지."

이번 산적들에 대한 토벌은 실제로 많은 계산과 이반되어 가는 민심 때문에 벌이는 일이었다.

다만 그 사정까지 낱낱이 제자들에게 알리는 것은 아직

이른 이야기인지라, 정파인의 자세부터 가르치는 운인도장이었다.

"그런데 저희는 왜 등산현으로 가는 것입니까? 이왕이면 가장 날뛰고 있다는 서쪽부터……."

"허허. 그곳은 다른 아이들이 가기로 되어 있단다. 그리고 오랜만에 갈 때도 되지 않았더냐."

"아아……."

이제 보니 산적을 토벌하러 가는 것도 일이지만, 그가 등산현으로 가게 되는 데에는 스승 운인 도장의 배려도 있었다.

오랫동안 가족을 보지 못하였으니, 만나 보라는 뜻이 숨어 있었던 것이다.

하기야 이명학이 끼고 끼지 않고에 따라서 산적과의 승패가 결정되는 것도 아니잖은가.

그가 이런 배려를 하는 것쯤이야 어렵지 않은 일이었을 지도 모른다.

"감사드립니다. 스승님!"

"허허. 겸사겸사 가는 것이다. 감사라고 할 것까지 없다. 다만 문환이는 아직 실력이 되지 못하여 힘들 듯하구나. 미안하구나."

"아닙니다! 아직은 나갈 때가 아니지요, 실력을 한창 쌓을

오랜만에 찾다 161

때잖아요!"

 털털한 성격에, 한창 수련에 재미가 붙어있는 덕분인지 문환은 아직 집에 가지 못하는 것에 그리 불만은 없는 듯 했다.

 '하나같이 제대로 된 아이들이지 않은가……'

 무당에 많은 정식제자들이 있지만 자신들의 제자들만큼 수양이 잘된 아이들이 어디 있을까.

 무엇이든 좋게 보려고 하는 제자들의 모습에 기꺼움을 가지게 된 운인 도장이었다.

 "허허. 그리 생각해 주니 고맙구나. 그래도 부모님과 동생에게 줄 서찰은 미리 적어두도록 하거라. 내 직접 전해줄 터이니."

 "예! 바로 쓰도록 하겠습니다."

 "스승님도 가시는 겁니까?"

 "인솔자가 필요하지 않겠느냐? 게다가 많은 제자들이 나서게 되니 자소단도 한동안은 한가로울 것이고."

 "그렇겠군요. 그럼 같이 가서 채비를 하도록 하겠습니다!"

 "그러거라."

 무당의 제자들이 운현이 있을 등산현으로 움직이게 되었다.

　　　　＊　　　＊　　　＊

"이번 한탕만 제대로 하면 되는 겁니까?"

"그렇겠지."

상인 사제에게 운 사제라 불렸던 사내는 이곳에서는 대두령이라는 호칭을 얻은 지 오래였다.

공물행을 상대로 약탈을 할 때에, 그가 보여주었던 무위가 있다 보니 어느덧 대두령이 되어버린 것이다.

얼핏 보기에는 강자존의 법칙을 그대로 따른 듯하지 않은가. 강자를 약자들이 따르는 것이니까.

허나 그 실상은 그가 오래전부터 산적들을 상대로 작업을 한 것이 성공하여 대두령이 되었을 뿐이었다.

자신보다 실력을 가진 자의 뒤를 치고, 조직으로부터 자금을 얻어 사용하고, 사형들로부터 얻은 정보로 약탈을 효율적으로 해낸다.

이런 행위들만으로도 그는 충분히 대두령이라는 자리에 올라설 수 있었다.

비록 산적질을 한다고는 하지만, 아직 삼십 줄은 밖에 되어 보이지 않는 나이치고는 꽤나 성공적이지 않은가?

그럼에도 그의 표정은 펴질 줄을 몰랐다.

"형님. 그럼 이번 일을 끝으로 은퇴인 겁니까? 정말로요?

오랜만에 찾다

뭐 녹림채를 든다거나, 만든다는 그런 생각은……."

"필설. 그런 생각은 안하기로 하지 않았더냐."

"그거야 그렇습니다만은…… 형님 정도 되면 그래도 가능성이 있지 않은가 해서 말입니다."

호북성 산채들을 통합하여 굴리던 대두령이지 않은가. 어떤 조력이 있긴 했지만, 그것은 충분히 대단한 일이었다.

아직 무공 실력이 최절정은 아니지만 아무려면 어떤가.

무공을 뛰어넘는 그의 지휘라면야, 언젠가는 그들이 녹림 칠십이채 중 하나가 되는 것도 꿈은 아니었다.

그럼에도 대두령은 녹림은커녕, 그 이상도 꿈꾸지 않고 있었다. 되려 은퇴를 한다 말하고 있었다.

'뭐…… 죽음도 은퇴니까……'

그를 대두령으로 모시고 있는 산적들은 욕심이 없어 보이는 대두령의 모습에 안타까워 하지만 어쩌겠는가.

대두령 없이 그들만으로는 녹림 칠십이채는커녕, 중소채도 유지하기 힘든 것이 현실이었다.

"그나저나 약에 취한 놈들이라고는 해도 전력으론 쓸 만하지 않았습니까?"

"어차피 통제하기 힘든 놈들이다."

"그거야 약에 취해서 그랬습니다만은…… 아쉽기는 합니다."

"무엇이?"

"잘만 쓰면…… 그들만 한 놈들도 없지 않습니까?"

"되었다. 오늘따라 말이 많구나."

"……죄송합니다."

목적지가 가까워져 오니 여러 생각이 드는 듯했다. 약탈을 벌이기 이전에 불안감이 생기는 것이겠지.

많은 약탈을 했다지만, 이번에는 전과는 다른 방식의 약탈인 터이니 산적들이 긴장을 하는 것도 당연했다.

"너무 긴장하지 말거라. 아무리 이름이 드높다 해도 무공은 그리 높지 않았으니."

"그래도 대두령께서 직접 절정이라고 하시지 않았습니까?"

"내가 상대할 거다. 그 외에는 무사도 몇 없다고 하니…… 내가 상대하는 사이 약탈을 하고 들고 나르면 되는 것이다."

"하기야 그도 그렇기는 합니다. 말 그대로 치고 빠지기로군요."

"그렇다."

자신감을 불어 넣어주고 긴장을 적당히 풀어줘서일까. 사내의 얼굴에 보상에 대한 기대가 피어오른다.

"호북에서 가장 부자가 될지도 모를 자라고 하니. 흐흐. 아주 짭짤하겠습니다."

"그리 되겠지. 가자. 다른 이들보다 꽤 뒤쳐졌으니, 서둘러야 할 거다."

"예! 그리해야지요. 하지만 우리 말고 누가 또 노리겠습니까. 하핫."

그들의 목표는 등산현. 호북에서 제일가는 신의가 산다는 신의의 고향이었다.

또한 그들이 노리는 것은 그런 등산현에서 이름을 높이며 승정환을 팔아 벌어들인 어마어마한 자금이었으니.

대두령으로서는 죽기 직전에 불타오르기에, 산적 사내들로서는 한탕을 하기에 아주 적절한 상대이지 않았겠는가?

보이지 않는 위협이 등산현의 운현을 향해서 다가오고 있었다.

第九章
날벼락인가?

 화가 있으면 복이 있는 것은 당연한 일. 동전의 양면이 있듯, 모든 일에는 양면이 있는 것이 당연했다.
 운현이 있는 등산현을 향해서 산적들이 달려오고 있을 때. 다행인 점이라면 운현을 위한 눈과 귀가 되어주는 자들이 있다는 것일까?

 약을 하고, 광인이 되어버린 산적들 사이에서 대두령이라는 자가 이끄는 산적들은 개중에 그나마 정상인 자들이었다.
 큰 건을 노리는 그들은 보이는 촌락마다 약탈을 하고 보는 다른 산적들과 다르게 조심스레 이동을 했다.

상황을 지켜보던 무당이나 제갈가에서 무사들이 파견되기 시작했으니, 큰 건 한 방을 하려면 조용할 필요가 있기도 하였으리라.

그들은 상단 행세를 하기도 했고, 또 때로는 표물을 나르는 표사 행세를 하기도 하며 몸을 움직여 나아갔다.

허나 인원이 많게 되면 아무리 노력을 한다고 하더라도 정보가 새어나갈 수밖에 없었다.

특히나 산적들을 상대로 한 정보는 아무래도, 개방보다도 더욱 정확한 자들이 있었으니. 바로 하오문이었다.

그 날도 대두령은 표물을 나르는 표사 행세를 했다. 덕분에 마을에 쉽게 들르게 된 것은 당연한 이야기인 터.

마을에서 쉬는 것도 좋지만 그로서는 적당히 산적들을 풀어줄 필요가 있는지라 가장 고생을 한 몇몇 산적들을 기루로 보내주었다.

"입을 조심해야 하는 것은 알고 있겠지?"

"아무렴요! 지금껏 잘해 왔지 않습니까! 문제없습니다!"

"그래. 그럼 다녀오게나."

"예! 하핫. 가자고!"

하지만 산적들에게 입조심을 바라는 것부터가 문제였을까.

아니면 전에 비해서 쉽게 쉽게 넘어가고 있는 술잔들이 문제였을까?

술이 쭉쭉 들어가고, 한 잔, 두 잔씩 더해져 가다 보니 그동안 품어 왔던 속내가 조금씩 풀어져 나온다.

이런 작은 기루에서는 볼 수 없는 기녀가 있었던 것도 사내가 입을 털게 하는 데 한 수 정도는 보태었으리라.

"하핫. 그러니까…… 이 오라버니가 나중에 크게 한 건 하면 너도 이 단점루에서 빼준다니까?"

"어머멋! 정말요! 어떻게요?"

"하하. 그거야 다 수가 있지 수가!"

"에이! 결국 허풍이었던 거잖아요!"

여인은 그런 사내를 많이 보았음에도, 진심으로 실망을 한 듯한 표정을 지어 보인다. 이런 여인의 모습에 혹하지 않은 사내가 몇이나 될까.

오늘 처음 만난 사이임에도, 왠지 이 여인에게는 진심을 보여 줘도 되지 않을까?

하는 말도 안 되는 생각을 하는 산적이었다. 덩치에 맞지도 않게 호구짓을 하고 있는 것이다!

"후우. 그러니까 말이지. 어디 가서 말을 하지는 말고. 알았지?"

"에이. 이 기루에 갇혀있는 제가 어딜 가서 말해요."

은근한 여인의 물음. 평소라면 조심을 할 법도 하건만, 오랜만에 들어간 술이 너무 달았다.

"그래. 그러니까 말하는 거지! 그러니까 어디 가서 말하지 말라고!"

"핏. 그렇게 못 믿을 거면 차라리 하지 마세욧!"

"아고! 알았다고!"

여인의 앙탈에 결국 무너져 내린다.

"그러니까 말이지. 크게 한탕이란 것이……."

사내 딴에는 조심을 한답시고, 자신이 산적이라는 것을 제외하고 적당히 각색을 해서 말한다.

승정환을 크게 구할 수단이 있다던가, 신의라 불리는 자지만 다 수가 있다던가 하는 그런 이야기들이다.

얼핏 들으면 허풍으로만 들릴 법한 이야기지만, 눈칫밥으로 먹고살아 온 하오문의 사람들은 각색된 이야기에서 정보를 얻어내었다.

호기신의를 노리는 자가 있다는 것. 그들이 꽤나 단련되어 보인다는 것.

어쩌면 지금 횡행하고 있는 산적들일지도 모른다는 것까지.

이야기가 계속되고 술자리가 계속될수록 쌓여가는 정보는 많아졌고, 결국에 하오문에 속한 그녀들은 한 가지 결론에 도달할 수 있었다.

'혼란을 틈타 호기신의를 노리는 자들이 있다.'

그들이 누구인지, 진짜 산적인지, 다른 어떤 세력인지까지는 중요치 않았다.

당장에 중요한 것은 호북에 있는 하오문이 호의를 표시하고 있는 호기신의를 노리는 자가 있다는 것이 중요했다.

"……어서 전하도록 해요. 어서요!"

"알았네!"

다른 이들은 더럽다 말하는 자신들을 치료해 주는 호기신의지 않은가. 그런 그가 횡액을 당하게 할 수야 없었다.

여인들의 채근으로 하오문 남자들의 뜀박질이 시작된다. 또 때로는 전서구의 날갯짓으로 등산현까지 정보가 전해지는 것은 순간이었다.

"그래. 그렇단 말이지. 흐으응……."

하오문 사람들의 노력으로 단 며칠 만에 하연화에게까지 정보가 전해진 상황!

"가야겠구나. 채비를 하도록 해."

"예."

제갈소화와 남궁미가 온 뒤로는 운현의 의방에까지 직접 찾아가지는 않은 하연화였다.

그를 위한 그녀 나름의 배려라면 배려. 하지만 오늘만큼은 그런 배려도 소용이 없을 듯했다.

그에게 위기가 닥치는 듯한데 손 놓고 바라만 보고 있을 수는 없지 않은가.

"들어가지."

자신의 심복이나 다름없는 염소수염 사내 두련과 함께 운현의 의방을 찾아든 하연화였다.

* * *

"으음…… 아직 검진일이 되지 않았을 텐데요?"

하연화가 꺾지 못할 꽃이라는 것은 이미 유명한 이야기다.

이곳 의방에 머무르게 된 지 꽤 시간이 지난 제갈소화로서도 그녀의 이야기를 알고 있는 것은 당연한 일인 터.

그렇기에 다른 기녀들을 대하는 것보다는 하연화를 대함에 더욱 정중함이 서려 있었다.

"예. 하지만 일이 있어 찾아오게 되었습니다."

"일이요? 특별히 일이 있을 만한 것이……."

"꽤 급한 이야기입니다. 함께 가서 이야기 하는 게 좋으실 듯합니다."

의뢰였다지만 지금 의방이 돌아가기 시작한 데에 크게 도움을 주었다 들은 하연화의 말이다.

하연화가 도와주지 않았더라면, 이곳 의방이 슬슬 돌아가기 시작하는 데만도 몇 년은 더 걸렸을 터.

그런 그녀의 이야기라니, 흘려들을 이야기가 아닐 것이 분명하였다.

"진료실로 가지요. 치료를 하고 있으시긴 하겠지만……."

"그보다 급한 문제입니다. 아주요."

"예. 어떻게든 자리를 마련하도록 하겠습니다."

제갈소화와 함께 운현의 진료실로 안내가 된 하연화는 잠시지만 숨을 고르고는 안으로 들어섰다.

"하핫. 이 정도는 그리 큰 병도 아닙니다."

"그렇습니까요?"

"예. 약을 지어드릴 테니, 달포 정도 드시고 다시 오시지요."

"어이쿠. 감사합니다!"

다행히도 운현이 보던 환자는 금세 진료가 끝난 듯했다.

환자를 내보내면서 자신을 찾아 온 두 여인을 본 운현은 뭔가 낌새가 이상함을 느꼈다.

"음? 무슨 일이신지요? 어? 연화 소저가 아니십니까? 이 시간에 무슨 일로……."

"그녀가 급히 이야기를 해야 한다 해서 데려 왔어요."

"……큰일이에요. 지급을 통해서 보고가 들어 왔는데, 이곳 의방을 노리는 자들이 있는 것 같아요."

제갈소화의 총관으로서의 보고 뒤에 이어지는 하연화의 말에 운현이 놀란 표정을 짓는다. 제갈소화 또한 마찬가지였다.

"이곳을 노리는 자가 있다니요? 그게 무슨 소리인지요?"

"감리(監利)현의 기루에서부터 들려 온 정보입니다. 확실합니다."

다름 아닌 제갈가의 여식이 있다. 남궁가의 여식도 있으며, 무당파와도 인연이 있는 곳이 바로 이곳 의방이다.

그런데도 다름 아닌 호북성에서 이곳을 노리는 자가 있다고?

'말도 안 되는 소리지 않은가.'

죽고 싶지 않고서야 이곳을 노리는 것은 자살 행위밖에는 더 되지 않는 일이었다.

하기야 아무리 운현이라고 하더라도 상대가 화려한 자살을 위해서 찾아 올 것이라고는 생각지 못할 터이니.

그가 놀라는 것도 무리는 아니긴 했다.

"감리현이요? 그렇다면 그리 멀지는 않은 곳이로군요."

"예. 그들이 조심스레 이동해서 오는 데 꽤 시일이 걸리기는 하겠지만…… 이곳을 노리는 것은 확실합니다."

"정체는요?"

"확실하지는 않지만, 현재 날뛰고 있는 산적들 중에 하나가 아닐지……."

"이런!"

또 산적인가? 아버지가 산적들로 고민을 하고 있는 것이야 알았다지만, 이런 식으로 또 찾아들게 될 줄이야.

'역시 아버지의 말대로 무공을 닦기는 닦아야겠군. 이 일이 아니더라도 또 언제 일이 발생할지 모르겠어.'

괜히 앓는 소리를 내어보는 운현이었다.

"수는 얼마나 된답니까?"

"우선은 백 정도입니다. 표행을 하는 표사인 척을 한다고 하더군요. 하지만 그들이 나눠서 움직일 상황도 배제할 수는 없는지라……."

"분명 나눠서 움직였겠지요. 그게 그들 입장에서는 그게 안전하니 말입니다."

숫자는 적어도 백인가. 하지만 필요에 따라서 쉽게 수를 불리기도 하는 산적이니 백이 넘을 것은 분명했다.

'최소 백…… 그들도 숫자에 한계는 있을 테니…… 많으면 오백이 될까? 모르겠군.'

다시 태어나 살고 있다지만, 이런 경험은 전무하다.

사람을 헤아리는 것도 경험을 필요로 하는 것이기에 그로서는 명확히 답을 내리기 어려웠다.

대신에 그가 아닌 제갈소화가 답을 내주었다.

"감리현에서 이곳까지 백 정도씩 나눴다면, 그 수는 삼백 정도일 겁니다. 최대는 사백일 거고요."

"어떻게 그런 계산이 서는 것입니까?"

"이곳 등산현까지 올 수 있는 길이 셋 정도. 한쪽이 감리현에서 움직인다손 치면, 그 밖에 노선들과 대입을 해보면 답이 나옵니다."

"이를테면…… 그들이 나눠서 움직였으니 서로 같은 노선으로는 움직이지 않을 거라는 이야기지요?"

"예. 그러니 등산현에 돌입할 수 있는 최대한의 노선을 생각하면 삼백 정도입니다."

상대는 자신들 입장에서 안전하게 움직이기 위해 백씩 수를 나눴다. 제갈소화는 그것을 근거로 생각을 한 듯했다.

그렇다면 감리현에서 등산현까지 백 정도가 움직일 수 있는 가도는 세 개 정도다. 그러니 삼백.

하지만 오는 도중에 어떤 식으로든 합류를 할지도 모르니 사백 정도로 추산을 하는 듯했다.

"하오문에서 보기에도 그 정도로 판단을 하기는 했습니다. 물론 다른 방식으로 합산을 했지만요."

"흐음…… 삼백에서 사백이라. 이곳 의방 하나 노리고 오는 수치고는 굉장하군요."

제갈가의 여식과 남궁가의 여식들이 있다지만 많은 수의

무사들이 있는 것은 아니다.

그럼에도 안심을 한 것은 호북성에서 있는 제갈가의 영향력을 생각해서 말한 것이었다.

이곳을 치는 데 성공한다고 하더라도, 후에 제갈가에서 복수를 할 터이니 이곳을 노릴 자가 없다 여긴 것이다.

'그런데도 잘도 공격을 해 온다라…… 그놈들 딴에는 죽을 각오라도 하고 오는 것이겠지.'

산적들의 목표가 되다니. 입에서 괜히 쓴 내가 난다. 그렇다고 가만있을 수는 없었다. 우선 움직여야 했다.

"하연화 소저."

"예."

"따로 의뢰를 부탁드린 것도 아닌데…… 신경을 써주셔서 감사합니다!"

"아니에요. 저희 아이들도 많이 도움을 받고 있는걸요."

평소 해 준 것 덕분에 받을 수 있었던 호의인가. 어느 이유이든 상관은 없었다. 덕분에 미리 대비를 할 수 있게 되었다는 것이 중요했다.

"어떤 이유든, 언제고 은혜를 갚을 수 있을 때가 있다면 갚도록 하겠습니다. 우선은…… 막기부터 해야겠지요."

"……저도 하오문도 돕겠습니다."

하오문의 도움인가?

하지만 그들의 도움은 이것으로 충분하였다. 정보를 준 것으로도 그들에게는 고마울 따름이다.

이 이상 빚을 늘려보아야 좋을 것도 없을뿐더러, 하오문이 강력하기만 한 무공을 지닌 문파는 아니잖은가.

야화들의 건강을 봐준다는 것을 핑계로 더 도움을 받을 만큼 면이 두껍지는 않은 운현이었다.

"아닙니다. 지금 도와주신 걸로도 이미 큰 은혜를 입었습니다."

"그래도……."

하연화가 망설이는 것은 당연하기도 했다.

이대로 하오문까지 돕지 않는다면 위험하지 않겠는가를 생각하는 것일 게다. 반쯤은 맞는 말이기도 했다.

이곳은 의방. 무림 문파들에 비해서 방비가 튼튼할 리가 없었다. 걱정이 당연한 것이다.

"괜찮습니다. 저 나름의 방비를 하고 있었으니 말이지요."

"방비요? 이런 일이 벌어질 것을 예상하신 겁니까?"

이런 것도 예상해 내다니. 신의라면 그럴 수 있지 않을까? 그런 생각을 해보지만, 틀린 이야기였다.

"근래에 제갈소저 덕분에 의방에 여러 진을 설치하는 작업을 하고 있었지요. 살상진은 아니지만…… 도움은 될 겁니다."

"아직 시간이 있으니 설치를 더 할 수도 있을 거예요. 이곳 자금은 충분하니까요."

"자금으로 밀어붙이는 건가요?"

"예. 일단은요. 하지만 임진이야 어디까지나 임시방편. 급조한 진으로 그들을 전부 막지는 못하겠지요."

진이라고 해서 무적은 아니다.

아니 무적에 가깝게 만들 수 있을지는 몰라도, 그러한 진을 만들기 위해서는 자본은 물론이고 많은 시간과 노력이 필요했다.

하지만 지금에 이르러서 운현이 할 수 있는 것은 자금을 대는 것뿐, 시간은 절대적으로 부족했다.

부족한 시간을 자금으로 때운다고 하더라도 한계가 있으니, 결국 진으로 저들을 전부 막는 것은 불가능한 것이다.

허나 대신에 운현은 다른 여러 가지를 가지고 있었다.

"먼저 말씀드리지만 하오문의 도움은 이것으로도 충분합니다."

"……예."

"그러니 곡해하지 말고 들으시지요. 저는 우선 개방에도 도움을 청할 겁니다. 그리고 표국과 남궁가에도 도움을 청할 생각입니다."

"가능한 한 모든 무사들을 동원해 내실 생각이시군요?"

"예. 가까이는 문운파도 있고, 저 위에 형의문에서도 무인들을 데려오면 그 수가 적지는 않을 겁니다."

그에게는 당장에 자금 외에는 무력이 없다. 하지만 부족한 무력을 채울 만한 인덕은 충분히 있었다.

'영화 주인공처럼 혼자 다 무찌르면 좋기야 하겠지만······ 이건 현실이니까.'

언제고 확실한 힘을 갖출 때까지는 이런 식으로라도 힘을 빌리는 것이 나았다. 그게 희생을 줄일 수 있는 길이다.

'역시 무공에 좀 더 수고를 들여야 하겠군. 기 연구도. 확실히 소홀하기는 했지.'

라고 생각하며 운현은 말을 이어 나갔다.

"그러니 숫자를 모으고, 그들에 대비를 하는 것은 그리 어렵지 않은 일이 될지도 모릅니다. 모두 하오문에서 미리 알려준 덕분이지요."

"······해야 할 일이었으니까요."

"거듭 말씀드리지만 이 감사함은 언제고 갚도록 하겠습니다. 꼭이요."

운현이 왠지 모르게 선을 그어서일까. 그게 아니면 부끄러워서일까. 그녀의 표정이 작게 붉어진다.

"예. 신의님이라면 어떻게든 막으실 수 있으실 거라고 생각해요. 다만······ 조심은 하세요."

"하하. 예. 그래봐야 산적입니다. 아무리 강하다 해도 한계가 있겠지요. 너무 걱정은 마시지요."

"준비를 하실 것이 많으실 터이니…… 먼저 물러나도록 하겠습니다."

그렇게 하연화가 물러난다.

운현은 그녀를 배웅하면서 몇 번이고 감사함을 표하고 나서야, 다시금 의방으로 돌아왔다.

"자아, 일단 일이 생겼다고 하니 준비는 해 보아야겠지요. 도와주시겠습니까, 제갈 소저?"

"물론이에요. 총관이 돼서 도와주지 않을 리가 없잖아요."

해야 할 일이 많았다. 특히나 제갈소화와 더욱 더 할 일이 많은 상태였다. 촌각을 다투는 준비가 시작되었다.

第十章
유비소환(有備小患)

 자신의 의방에 산적들이 쳐들어 올 것이라는 소식을 들은 운현이다. 하오문 사람들의 호의 덕분.
 '언제고 기회가 되면 갚아야겠지.'
 지금 당장에야 해야 할 일이 많아, 그들의 호의에 보답하지 못한다.
 하지만 때가 되면 갚을 기회가 있을 것이다. 그도 아니면 자신이 갚을 거리를 찾아서 갚으면 될 일이다.
 어쨌거나 지금에 있어 중요한 것은 호의에 대한 보답, 의방의 확장보다도 당장 쳐들어 올 산적이다.
 산적들의 공격은 전혀 생각지도 못한 상황에서 발생한 일이지 않은가.

산채나 만들어서 생활하는 것이 산적이지 이런 식으로 내려와서까지 공격하는 경우는 굉장히 드문 일이다.

하기사 호북의 산적들 대다수는 그런 식으로 변질이 되었다니, 이제 와서 보면 도적 떼의 공격이라고 봐도 무방하리라.

"산채에서 내려와서 공격하니 산적이 아니라 도적이 더 어울리겠지요?"

"아무래도요."

"보통 도적들이 공격하는 쪽은 부잣집이나, 마을 같은 경우인데…… 특이하긴 하군요."

제갈소화의 말대로 누가 의방에 공격을 할 것이라고 생각을 할까.

의방에 대한 공격은 확실히 특이한 경우다.

"그나저나 진이라는 것이 정말…… 생각 이상으로 복잡하기는 하군요."

"단순히 진을 설치한다 해서 모든 것이 끝나는 것이 아니니까요."

"제갈가에서는 그걸 천지인(天地人)모두를 염두해야 하는 거라 말한다 하셨지요."

"예. 후후. 기억하고 계시네요."

"하늘과 땅은 주변 환경과의 조화를 생각하라 하셨지요. 사람은 그 진 안에 함께 있을 이들을 생각하라 하셨지요."

"예. 정확해요. 진을 설치함에 있어 주변 환경을 고려해야 함은 물론이고, 그 진 안에서 혹은 진의 옆에서 있을 사람도 배려해야죠."

"확실히…… 그렇기는 하겠네요. 기초적인 진이라고 해도 사람이 상할 수 있는 건 매한가지니까요."

흑점에서 진에 관한 책을 구해온 운현이다. 하지만 책이 있다 해서 모두 진을 사용할 줄 알면 사기지 않은가.

천재라면 혹 모르겠지만, 운현은 그 정도의 천재는 못 됐다.

전생의 경험으로 삶의 경험이 많아 범인보다는 좀 더 뛰어날 뿐이다. 그러니 운현은 제갈소화에게 도움을 청하였다.

독불장군처럼 책으로만 진을 익히려고 하기보다는, 제갈소화를 통해서 배우기로 마음을 먹은 것이다.

물론, 제한이 있기는 했다.

"완벽하게 가르쳐 드릴 수는 없어요. 이를테면 제갈가의 진을 가르쳐 드릴 수는 없지요."

"비기 같은 것이지 않습니까. 그 정도는 이해합니다. 기초 정도면 충분합니다. 기초."

유비소환(有備小患) 189

그녀라고 해서 제갈가의 모든 것을 가르쳐 줄 수는 없지 않은가.

혹여 둘이 혼인이라도 했다면 그것은 문제가 되지 않을 테지만, 어디까지나 둘은 고용인의 관계다. 총관과 고용주.

"기초요? 기초적인 진이야 가르쳐 드릴 수는 있지만 도움이 크게 되지는 않을 텐데요?"

"그냥 생각하는 바가 있어 그렇습니다. 혹여나 무리시라면……."

"아뇨, 아니에요! 기초는 무리가 아니니까요. 게다가 신의 님께서 생각하는 바라니 기대는 되네요. 호호."

그렇기에 운현은 그녀로부터 기초 정도만 배울 수 있었다. 하지만 그 정도만이라도 충분히 도움은 되었다.

스승이 있어 토대를 쌓는 것과 스승도 없이 독학을 하는 것은 큰 차이가 있을 수밖에 없으니까.

그게 바로 얼마 전의 일이다.

최대한의 준비, 최소한의 희생이 되도록 끊임없이 준비를 하고 있는 운현이다.

'유비무환까지는 아니려나?'

하지만 이 준비가 완벽하게 맞아 떨어질 것이라고는 그도 장담을 하지 못했다. 압도적인 전력을 가진 것은 아니었으니까.

마음 같아서야 제갈소화의 제갈가나 무당파에 도움을 청하고 싶지만, 거기까지는 너무 멀었다.

당장에 올 자들도 없는 상황이었으니, 어쩔 수 없는 일이라 할 수 있겠다.

대신 그를 도와줄 형의문과 문운파, 그리고 표국의 사람들이 최대한 상하지 않도록 노력을 할 따름이었다.

"내일 정도면 진은 전부 끝나겠네요."

"예. 시간이 짧으니 간단한 환영진 수준도 무리긴 하군요."

"호호. 거기까지는 욕심이 되겠지요. 말이 쉽지 환영이 보이는 진 같은 건 상당히 고난이도랍니다."

"예. 그래도 이 정도라면 충분할 듯하네요."

역시 환영이 있게 하는 것은 무리였다.

설치가 전혀 불가능한 것은 아니지만, 사람도 많이 필요하고 시일도 많이 필요하단다.

'전생에 보던 무협지에서는 쉽게 나오던데, 역시 현실은 아니군.'

대신에 오감을 교란시킬 수 있는 기초적인 진 정도는 설치할 수 있었다.

교란이라고 해도 대단한 수준은 아니긴 했다. 잘해야 약간의 어지럼증, 조금 흔들리는 시야, 묘한 답답함 정도랄까?

움직이는 사람을 상대로 한 진은 당장에 이 정도가 한계다.

하지만 무인을 상대로 이 정도의 효과만 보인다고 해도 분명 나쁜 성능은 아니었다.

'사람이 움직여서 그렇다고 했던가. 뭐 나쁘지는 않지.'

진의 설치는 마무리가 되어가고 있다.

자신의 아버지 이후원이 도와주기로 했음은 물론이고, 저 멀리 형의문에서도 사람이 내려오고 있다.

길어야 일주야.

그쯤이면 올 도적들을 막기 위해서 최선을 다해야 했다.

진만으로는 만족할 수 없기에 운현은 자신 나름으로 도적을 막기 위한 다른 방어 체계도 구상했다.

철질려와 같은 장애물. 그들의 운신을 방해할 함정들 같은 것을 함께 마련한 운현이었다.

"이 정도를 설치하면⋯⋯ 분명 뭣 모르고 왔던 산적들로서는 꽤 애를 먹겠죠."

"괜찮을까요?"

무인들은 적이라고 하더라도 정당한 대결을 원하지 이런 식의 전투는 즐겨하지 않는다.

주변을 사용하고, 지형지물을 이용하는 것 정도야 용인을 하지만 함정의 설치라니?

　보통은 하지 않는 일이다. 정정당당하다 싶은 대결을 원하는 것이다.

　잘해야 이런 식으로 함정을 사용하는 쪽은 사파의 문파라든가, 꽤 실용을 따지는 소수나 하는 짓이다.

　"괜찮지 않을 게 뭐 있겠습니까?"

　"다른 무인들이 싫어할지도 모릅니다."

　"으음…… 확실히 남궁가의 무사들은 이런 방식을 싫어하는 듯 하더군요."

　남궁가는 정파를 대표하는 무인들이 아니던가.

　의방을 도와주기로 하였고, 운현의 말이기에 이런 함정들에 뭐라 하지는 않았다. 하지만 좋은 기색은 아니었다.

　"당연히 싫어하겠지요."

　"예. 그래도 어쩔 수 없지 않겠습니까? 희생을 줄여야 하니까요."

　"으음…… 표국이나 다른 문파의 분들은 싫어하지 않으시나요?"

　"예. 살기 위해서는 이게 당연한 것이니까요."

　"당연한 건가요?"

　"남궁가 같은 강자가 강자대로의 방식이 있다면 약자인

유비소환(有備小患) 193

저희는 저희대로의 방식이 있는 것이니까요."

 무인이면서도 병사처럼 한데 뭉쳐서 적을 상대하곤 하는 것이 표국이다.

 문운파, 형의문도 전에 비해서 사정은 나아졌다지만 아직은 약하다고 할 수 있는 중소문파지 않은가.

 지금이야 성세를 쌓아 올라가고 있다지만, 중원무림 전체에서 보면 아직 약하다 할 수 있는 상태다.

 그러니 살아남기 위해서 이런 방식을 활용하는 것에 거부감을 가질 리가 없었다.

 그런 그의 말이 인상적이었을까?

 "각자의 방식인 거로군요. 각자의 방식······."

 제갈가의 여식으로서, 제갈가가 좁다 하고 뛰어다니던 말괄량이 아가씨는 전혀 새로운 인식을 가지게 된 듯하였다.

 같은 무인이라 하더라도, 같은 정파라 하더라도 각자의 방식으로 살아남기 위해 애쓰는 것을 보며 깨닫게 된 것이다.

 각자의 방식이 있다는 것을.

* * *

 "신의님!"

"오. 오셨군요."

형의문(形意門).

문운파와 같이 무당의 속가제자 출신이 만든 문파이며 형태 안에 모든 뜻과 의를 담을 수 있다 여기는 문파.

토사곽란의 사건 속에서 운현을 도와 치료를 위해 애를 썼던 문파이기도 했다.

그들은 운현으로부터 받았던 은혜를 잊지 않는 것인지, 한 점 싫은 기색도 없이 운현을 위해 달려와 주었다.

"잘 부탁드리겠습니다."

"어이쿠! 저희야 말로 신의님한테 잘 부탁드리지요. 덕분에 많은 사람들이 살 수 있었습니다."

"할 일을 했을 뿐입니다."

"하핫. 당연히 해야 할 일도 하지 않는 사들이 있는 게 세상 아니겠습니까. 그때의 일은 다시금 감사합니다."

형태에 뜻과 의를 싣는 것을 정신으로 하는 그들답게, 실전에는 꽤 강한 편인 형의문이다.

운현이 문운파에 이어서 황녀에게 받은 금자 중 일부를 형의문에 준 덕분에 그들의 세는 꽤나 커진 상태.

그런 그들이 오십이 넘는 무인들을 데리고 왔으니 크게 도움이 될 것은 당연했다.

형의문을 시작으로 운현이 쌓아 온 인덕만큼 사람들이 모여들었다.

"어이쿠. 이거 가까이 있는 저희가 더 늦은 거 같군요."

두칠. 고두원 표두의 동기이며, 문운파에서는 최근 장로라는 직책을 가지게 된 그다.

그가 문운파의 문인들을 데리고 운현이 있을 의방으로 왔다. 운현이 건넨 금자 덕분인지, 그 수가 분명 적지는 않았다.

"많군요."

"하핫. 의원님께 일이 닥쳤다고 하는데 만사를 제쳐두고 와야지요. 그래도 좀 많기는 하지요?"

"설마, 이제 막 문파원이 된 자들까지 데려오신 겁니까?"

"그럴 리가 있겠습니까? 그래서야 괜히 희생만 늘릴 뿐이지요."

그런데도 그들이 데려온 무인들의 숫자는 물경 팔십에 가까웠다.

고 표두가 표사가 부족하여, 표사들을 요청할 때까지만 해도 수가 부족했다고 엄살이던 문운파지 않은가.

그런데 어찌 그 짧은 사이에 사람을 모은 것일까?

"의원님의 도움 덕분에 모은 식객들입니다. 그리고 멀리 문파를 위해서 나가 있던 자들도 돌아올 수 있었지요."

"아아. 그런 것이로군요."

구파일방이나 오대세가는 밑이 탄탄하다. 쉽게 말해 자금이 탄탄하단 소리다.

하지만 그런 거대 문파를 제외하고, 다른 정파의 문파들은 항시 부족한 자금에 시달릴 수밖에 없었다.

무공을 익히면서도 일부는 생업을 위해서 나갈 수밖에 없는 것이다.

낭인이라든가, 호위무사, 그도 아니면 부탁을 받은 어떤 의뢰들로 항시 일부 인원이 밖에서 노닐 수밖에 없는 게 중소문파의 사정이다.

하지만 문운파는 운현이 가져다 준 금자 덕분으로 바깥으로 돌던 인원들의 다수를 불러 올 수 있던 듯하다.

'금자로 새 문파원도 받고, 전답도 조금 사들였다고 했지. 그 성과였던 건가.'

상재까지는 아니어도, 돈을 굴릴 줄 아는 자가 있었던 것인지 확실하게 세를 키운 문운파인 듯했다.

"그럼 잘 부탁드리겠습니다."

"아무렴요. 이럴 때일수록 도와야겠지요. 하핫. 이참에 빚도 갚아야 하고요."

운현의 도움을 빚이라고 생각했던 것인가.

'그럴 수도 있어 보이긴 하겠군. 어쨌든…… 이걸로 무인

들만 백삼십이 모인 건가……'

　백삼십.

　적지 않은 수의 무인들이 의방을 도와주기 위해서 달려와 주었다.

　운현의 의방이 위험에 처한 듯하다는 소문 덕분에 주변 무인들도 달려와 주고 있으니 그 수는 점점 늘어나게 될 터.

　'여기에 표행에서 돌아 온 표국 사람들도 합류하면 꽤 많은 수가 되기는 하겠구나.'

　형운파, 문운파, 남궁가의 무사들에 제갈소화까지. 결코 적은 수는 아니다.

　동원가능한 사람들을 모두 모으고 보니 구파일방 수준은 못 되도 어지간한 중소문파 수준은 되었다.

　이걸로 엇비슷하게나마 산적들과 비슷한 수의 무인들을 모으는 데는 성공했다.

　"다행이군요. 이 정도라면 큰 어려움 없이 막을 수 있을지도요."

　"되도록 희생이 적게 하기 위해서 노력해야지요. 후우……."

　"예. 진에다가 함정들까지 활용하기로 하였으니 분명 많은 희생이 있지는 않을 것입니다."

　"그리 믿어야겠지요. 휘유."

자신을 위해 달려 와 준 자들의 희생을 줄이기 위해서. 좀 더 나은 결과를 위해서 매일을 노력하는 운현이었다.

* * *

지주는 근래에 들어서 사제들이 너무 자주 찾아오는 것이 아닌가 하는 생각을 하고 있었다.

상인 사내가 다녀간 지 얼마 되지 않았음에도, 낭인 사내가 다시금 그가 있는 암자에 찾아 들었다.

"허허. 시주. 자주 뵙는 듯하옵니다."

"낭인짓을 하니, 업보가 쌓이는 듯하더군요. 수상한 마음을 다스릴까 해서 찾아왔습니다."

"잠시 기다려주시지요."

얼마 전에 들인 새로운 동자승의 도움으로 쉽게 자리를 마련하게 된 지주는 보자마자 사제를 채근했다.

"이리 자주 찾아와서야 좋을 것은 없다는 걸 알지 않은가?"

"알지요."

"그런데도 온 것인가? 알고 있음에도?"

"왜요? 계속 찾아오면 수련동에라도 처박아 두실 겁니까? 그도 아니면 운 사제처럼 죽으라 할 것입니까?"

"정 사제!"

낭인 사내는 한껏 불만에 가득 차 있는 표정이었다. 역시 그도 사형제가 죽는다는 것이 마음에 들지 않는 듯했다.

"왜 또 그런 식으로 꼬리를 자릅니까? 이제는 슬슬 나서도 될 텐데요?"

"……안 되네."

"저도 보고 들은 것이 있습니다. 대사형이야 안 된다고 말하지만, 이제는 슬슬 때가 되지 않았습니까?"

"……."

낭인 사내는 다른 사제들과는 다른 무엇을 더 알고 있는 듯했다. 그렇지 않다면 '때'를 말하지 못했을 것이다.

그러니 지주 사내가 낭인 사내의 채근에도 오직 침묵을 지키고 있는 것일 게다.

"게다가 사형은 이번 일로 제게 약속을 지키지 않았습니다."

"약속?"

"예. 약속이요."

"크흠……."

뒤늦게서야 잊었던 약속이 생각이 나게 된 지주였.

분명 자신은 사제에게 약속을 했었다.

다음번에 호기신의에 관련된 일에는 자신의 사제가 선봉

에 설 수 있게 해주겠다는 약속을.

자신이 의도한 일은 아니지만 결과론적으로 그 약속을 지키지 못하게 된 것이다.

"……그럴 생각은 없었다는 걸 알지 않은가. 다음에는 약속을 지킬 것일세."

"이번 일로 호기신의가 상하기라도 한다면요?"

"그건 그거대로 괜찮지 않은가."

"사형! 사형이 이 달아오른 몸을 식혀 주시기라도 할 겁니까?"

달아오르기까지 한 것인가. 대체 천병 걸린 마을에 강시를 투입할 때에 정 사제는 무엇을 본 것일까.

어지간해서는 달아오르는 일이 없을 터인데.

지주 사내는 그리 생각하면서 자신의 사제를 달래었다.

"운 사제는 마지막을 화려하게 장식하려 간 것이겠지."

"예. 그렇겠지요! 죽을 자리를 찾아서요! 사형의 명령에!"

"그래. 그렇다면 정 사제는 운 사제의 죽음을 따지고 싶은 것인가? 내가 약조를 지키지 못한 것을 따지는 것인가?"

"둘 다입니다."

"둘 다 인가. 여전하군."

"헹…… 욕심하면 저인 것을 아시지 않습니까? 어릴 때부터요."

"흐음……."

운 사제는 분명 마지막 화려한 불꽃을 태우러 간 것이다. 꼬리를 끊는 것은 그에 대한 덤일 터이고.

자신에게 떼를 쓰고 있는 정사제도 그런 사실을 모를 리가 없었다.

운 사제가 이끌고 있는 산적들이 호기신의가 있다는 등산현에 도착하기까지는 얼마 남지 않은 상황이다.

진정 몸이 달아올랐더라면, 정 사제는 사형인 자신은 신경도 쓰지 않고 운 사제에게 붙어 있을 것이 분명했다.

그럼에도 굳이 이곳을 찾아왔다는 것은.

"무엇을 바라는가, 정 사제?"

뭔가 바라는 것이 있다는 소리다.

"그게 무슨 소린지요, 사형? 저는 약조를 지키지 않은 것임에 이야기를 하러 온 것이지 딱히 뭘 바라고 온 것이 아닙니다!"

화를 내는 표정, 따지는 목소리.

그것들만 놓고 보면 분명 자신이 약조를 지키지 못한 것과 곧 있을 사제의 죽음에 분노하는 것이 분명했다.

다른 이들이라면 정 사제의 이런 모습에 속을 것이다. 분명히.

하지만 자신은 아니었다.

'후우…… 어디 가서 사고를 쳤거나…… 사고를 치고 싶은 것이겠군.'

지주 사내는 속에서는 열불이 끓어 올랐으나, 우선은 사제의 이야기를 들어봐야 함을 알고 있었다.

어디로 튈지 모르는 성격을 가진 정 사제를 더 자극해 보아야, 조직의 꼬리만 길어짐을 알고 있는 것이다.

"어서 말을 하게나. 운 사제는 슬슬 도착할 때가 되었고, 사제 말대로 나는 약조를 지키지 못하게 되었지 않은가."

"인정하시는 겁니까?"

"그래."

"흘…… 역시. 사형은 이런 것에는 인정이 빨랐었지요."

"그랬지."

사제를 꼬리 끊기의 희생양으로 삼는다. 분명 좋은 일은 아니다. 게다가 자신과의 약조도 지키지 않았다. 더 좋지 않은 일이다.

낭인 사내는 후자가 더욱 마음에 들지 않았다.

'어차피 희생양이란 예로부터 있어 왔으니까. 망할 대의…….'

본래부터 있을 희생을 없앨 수 없다면, 차라리 지금의 상황이라도 즐기자라는 마음을 가지고 있는 자신이다.

그러니 무리해서라도 대사형을 찾아왔고, 대사형에게서

얻을 것을 얻을 수 있을 듯 보였다.

"그럼 부탁 하나만 들어주시지요."

"뭔가?"

역시다.

뭔가 바라는 게 있기에 사형인 자신을 찾아 온 것이다. 지주 사내는 그리 생각하며 어디까지 들어줘야 하는가를 계산했다.

"잠시 호북을 벗어나려고 합니다. 괜찮겠지요?"

"불가네! 지금 같은 시기에 호북을 벗어나서야 다른 이들의 시선이 꼬일 수밖에 없음을 알지 않은가?"

"잠시입니다! 아주 잠시!"

"잠시라도 안 되네!"

"어차피 운 사제가 꼬리 끊기를 하였으니 문제도 되지 않지 않습니까? 찾아봐야 할 자들이 있습니다."

찾아봐야 할 자들이라. 정 사제라 찾아볼 자들이라면.

'아아…… 아직도 미련을 버리지 못한 것인가.'

오래전에 잊어버렸다 말했던 그들이겠지. 피붙이.

대의를 따르기로 했음에도 아직도 피붙이를 잊지 못한 것인가? 죽었다고 여기기로 하였는데? 아니, 그때의 일로 죽었을 터인데?

그 일을 기점으로 대의를 따르기로 한 사제이지 않은가.

그런데도 이런 식으로 부탁을 하다니!

그도 아니면 무슨 연유가 있는 것인가.

"안 되는 것을 알지 않은가?"

"얼마 전에 그들이 움직이는 걸 봤답니다. 한 번만! 단 한 번만 확인을 하면 안 되겠습니까?"

살아 있는가? 죽었다던 이들이?

어느 쪽이든 좋지 못했다. 지금 같은 시기에 움직여서야 좋을 것이 없지 않은가.

"이미 죽었을 거라 생각하지 않았던가. 사제도……."

"마지막입니다. 진정으로!"

"……책임을 질 수 있겠는가? 문제가 생길 수 있네."

"얼마든지!"

과연 가능할까?

아무리 운 사제가 산적들과 함께 산화를 한다지만, 꼬리 잡힐 일을 해서야 좋을 리가 없었다.

운 사제의 목숨과 바꿔서 성공한 꼬리 끊기가, 정사제의 움직임으로 말미암아 다시금 꼬리를 잡힐 수도 있는 것이다.

보안이 곧 명이나 다름없다는 것을 알면서도 왜 이리 떼를 쓰는 것인지!

'어릴 때나 지금이나 달라진 것이 없군…….'

지주 사내는 그리 생각하면서도 결국 자신은 허락을 해

줄 수밖에 없다는 것을 알고 있었다.

다른 사제들과 다르게 정 사제는 특별했으니까.

그가 눈을 질끈 감고서는 말한다.

"알겠네."

"하핫. 감사합니다. 사형!"

"단! 한 달이네. 한 달. 그 이상은 정 사제라고 하더라도 허락을 할 수 없음이니!"

"한 달이라…… 촉박하기는 하지만, 못 할 것도 없지요!"

한 달이다. 한 달이라면 자신의 손으로 꼬리를 끊어 낼 수 있지 않을까.

'좋게 끝난다면 다행이지만……'

이번 정 사제의 일로 꼬리라도 잡히게 되면 크게 일이 일어날 수도 있을 터. 반쯤은 도박인 셈이다.

그럼에도 이미 허락을 했으니 어쩔 수 없는 일.

"후우……."

희희낙락한 표정으로 사찰에서 내려가는 사제를 보며 길게 한숨을 쉬는 지주였다.

第十一章
한판 붙다

 저 아래, 등산현에서 용하기로 소문난 의방이 크게 보인다. 횃불을 아끼지 않고 사용하는 것인지 멀리서도 안이 속속들이 보일 정도다.
 불타오르는 횃불만큼이나 높은 성세를 자랑하는 것을 증명하고 있는 것이리라.
 의방이 훤히 보이는 언덕 위로 삼백이 넘는 사내들이 몸을 검게 하고는 아래를 내려다보고 있었다.
 "왔군."
 본래 와야 할 숫자는 사백. 하지만 이 시간까지 오지 않았다는 것은 적어도 한 무리는 도망을 쳤다는 의미다.

오는 도중에 소문을 듣고 도망친 거겠지. 산적끼리의 의리는 딱 그 정도다.

　'그래도 삼백이나 온 것이 다행인 건가. 사분지 삼 정도라……'

　대두령인 그의 옆으로 산적들을 인솔하고 온 덩치 큰 사내 하나가 다가와서 묻는다.

　표정이 잔뜩 불안해 보인 것이 그도 소문을 들은 것이 분명하였다.

　"대두령, 그대로 가는 겁니까? 이미 소문이 난 거 같기는 하던데……."

　"맞습니다. 두령. 아무리 봐도 이번은 기회가 아닌 것이……."

　소문이라. 어찌 알았는지 자신들이 의방을 노리는 것이 크게 소문이 나기는 했다.

　기루든, 주루든, 객잔이든 들른 곳은 많았다. 게다가 일부는 나눠 오지 않았던가. 분명 말이 새어 나갔겠지.

　그걸 모를 대두령이 아니다.

　'뭐 상관은 없겠지.'

　어차피 불타오르기 위해서 온 곳이다.

　인연이 닿은 몇몇 놈들이 크게 한 몫 잡고 도망가기를 바랐지만, 그거야 바람일 뿐이다.

어쩌면 자신은 이곳에 오기 전부터 이런 상황을 예상하고 있었던 것일지도 몰랐다.

"물론. 그대로 간다. 이미 소문이 났다고 해서 물러날 수도 없지 않은가?"

"그래도…… 방비를 하는 곳을 가 보았자, 얻을 것도 없을지도 모릅니다, 두령."

"물러나도 마찬가지다. 아마 뒤를 치려고 하겠지."

"그럴까요? 순순히 물러가는데 뒤를 칠 리가……."

전에도 불안해하더니 이번에도 불안해하는 건가. 역시 자신의 수하들 중에서는 겁쟁이가 많다.

하기야 그러니 여태껏 자신을 따라줬을지도.

이럴 때는 설득보다 명령이 나왔다.

"이미 가호지세에 있다. 가자."

자신의 말대로 어차피 호랑이 등에 탄 상황이지 않은가. 도망갈 곳도 없다.

"후우. 알겠습니다. 모두 출격하랍신다!"

"출격!"

커다란 외침도, 빛을 흘리는 무구도 없었다. 야음을 틈타 공격을 하는데 소리를 지를 만큼 머저리들은 없었으니까.

이쪽이 올 것을 예상하고 있었던 것인가. 횃불들 중에 일부가 훅하고 꺼지는 것이 보였다.

'뭔가 해 놓은 것이 있겠지. 신의라고 불리는 자니까.'

사형으로부터 호기신의라는 자가 무공을 익혔다 들었다. 그것도 어린 나이임에도 절정이라고 한다.

자신보다 어린 상대기는 하지만 절정이라니. 그 정도면 한 판 붙기에 부족함은 없지 않겠는가?

'적어도 신의 하나만큼은 데리고 간다.'

그 정도라면 자신의 목숨값으로도 충분할 터.

운형준.

이미 이름이 잊혀진 채로 운 사제, 사형 정도로 불리게 된 자.

역적죄로 부모를 잃고, 그를 대신하여 대의를 가지게 된 그가 마지막을 위하여 의방을 향해 몸을 날리고 있었다.

* * *

짜르르릉— 짜릉—

조용한 와중에 종소리가 울려 퍼진다. 선에 연결해 놓았던 종들이 울면서 적이 왔음을 알려 주었다.

"온다!"

야음을 틈탔다고 했지만, 등산현은 자신의 영역이나 마찬가지였다. 미리 준비도 하지 않았던가.

자신이 한 준비 중에는 그들이 오는지 오지 않는지 파악하는 준비도 포함되어 있었다.

상대도 그것을 눈치챈 것인가.

"들켰다. 쳐라!"

"와아아아!"

"죽엿!"

더 숨을 생각도 없는 것인지, 크게 소리를 치고서는 원색적인 말을 내뱉으며 달려들기 시작한다.

이제부터 이곳은 사람을 살리는 의방이 아니라, 살투가 펼쳐질 살투판이다.

"후우…… 후우…….."

첫 실전에서 그러했던 것처럼, 운현은 짧고 빠른 호흡을 내뱉으면서 자신의 호흡을 정리했다.

전투에 앞서 떠는 것은 아니다. 결심이 서고 안 서고의 문제이지 자신은 그 정도까지 겁쟁이는 아니었다.

'결국은 결심의 문제……'

실전을 피해 왔고, 피해와도 맞이하게 된 첫 실전에서는 적을 베었었다.

제대로 무공을 익히지 못한 산적을 상대로 검을 썼던 것이지만, 살을 베었던 촉감은 똑같았다.

잘리지 않으려는 듯 반항하는 피부를 가르고, 그 뒤에 뿜어져 나오는 피를 피한다.

그 마지막에는 상대의 뼈를 지나 마지막 남은 숨통을 끊어주는 것은 상대의 무위에 상관없이 이뤄지는 같은 행위이며 감각.

사람을 베는 감각.

미치광이 살인마들은 손맛이라고 말하는 미친 감각.

자주 겪어보고 싶지 않은, 사람을 살리는 명의가 되겠다고 마음을 먹었던 자신에게 있어서는 반갑지 않은 감각이다.

그렇다 하더라도.

'오늘은……'

더더욱 피할 수 없었다.

"의원님 제가 지켜 드리겠습니다."

"너무 걱정 말거라."

"저부터 상대해야 할 겁니다."

자신을 위해서 달려 온 자들, 자신을 믿고 온 자들. 자신을 보호하고자 하는 자들.

빚이든, 은혜든, 인덕이든 그 어떤 단어로 점철된 것에 상관없이 오롯이 자신을 도와주기 위해 온 자들이 함께이지 않은가.

삼류소설같이 유치한 말일지 모르지만, 자신을 위해 온 자들의 희생을 조금이나마 줄이기 위해서라도.

첫 실전처럼 애매한 움직임보다는, 처음부터 나설 마음을 가진 운현이었다.

'가족도, 의방 사람들도 지켜야 하니까.'

지켜야 하는 것을 위해서.

"죽엇!"

고함을 지르며 달려드는 덩치 큰 몇 산적을 향해서 운현이 검을 뽑아든다.

스르릉—

검을 빼어드는 소리는 오늘따라 왜 이렇게도 맑은지, 마지막 얕은 감상을 끝으로.

부딪친다!

곳곳에서 전투가 벌어진다.

"파폭호검(波暴虎劍)!"

형운문은 내력이 달릴지언정, 그 초식의 오의만큼은 깊은 문파가 아니던가.

"그딴 초식 따위로 어딜!"

형운문도의 검을 얕본 대가는 아주 컸다.

"무슨 말도 안 되는…… 컥."

대가는 목숨.

애당초 형운문도 만큼이나 무공도 닦지 않고서, 얕보았던 것 자체가 그에게는 패인일 수밖에 없었다.

대다수의 산적이 그러했다.

애시당초 녹림채에도 들지 못하는 어중이떠중이들인 자지 않던가. 그 무위가 높았다면 진즉 녹림채에 들었을 것이다.

몇 대가 이어진 산채도 아니고, 무공도 어중간하다. 대두령이라는 자가 없었으면 이 인원이 모이지도 못할 산채였다.

"죽엇!"

"이런!"

몇 명의 산적들이 분투를 벌이고는 있었다.

무공을 익힌 듯한 몇몇의 산적들이 애를 쓰고 있었고, 그들도 목숨을 아끼지 않는 것인지 갖은 수단을 썼다.

정파의 무인들은 하지 못할, 뒤를 노리고 흙을 뿌리고 발재간을 날리며 손대지 않을 급소를 노리기도 하는 자들.

산적 나름으로 분투를 벌이니 의방의 인원들도 피해가 아주 없을 수는 없었다.

"크으……."

"막아랏! 막아! 이쪽은 아니다! 진이 있단다!"

"어딜!"

그렇다 하더라도 이미 기세는 의방의 사람들에 있었다. 애시당초 의방 사람들에게 기세가 없을 수가 없었다.

의방에서는 끊임없이 준비를 했고, 그 준비를 위해서 꽤나 많은 것들을 할애해 왔으니까.

"대두령. 어쩝니까?"
"어쩌죠?"

저항이 거셀 줄은 알았다. 하지만, 의방 측의 전력은 산적들이 생각하는 것 이상이었다.

이대로라면 그들은 한탕을 하기는커녕, 한 목숨을 잃게 생겼다.

그럼에도 그들을 데리고 온 두령은 여전히 침묵을 하고 있었다. 마치 맹수가 무언가를 기다리는 것처럼.

'어디냐? 어디!'

그는 자신의 목적을 찾고 있었다. 자신의 마지막을 화려하게 불태워 줄 만한 목표물을.

'신의는 어디에?'

전장의 와중에서도 끊임없이 움직이며 그의 마지막 목표물을 찾은 지 얼마나 되었을까.

산적들 중에 반수가 죽어나가고, 나머지 반수가 자신을 바라보며 분투를 벌이고 있었을 때.

돈만을 보며, 의리 하나 없이 뭉친 산적 주제에 끝까지 분투를 벌이는 그 상황에서도, 그의 눈은 쉬지 않았다.

그때였다. 그에게 기회를 준 것일까?

"감사합니다. 신의님!"

"뭘요!"

저기다.

방금 적 중에 하나를 구하여 준 자가 신의다. 신의라고 불릴 자는 이곳에 하나밖에 없으니, 그가 맞을 것이다.

"저기다! 저기 있는 신의를 인질로 삼자."

인질은 무슨. 죽일 생각이다. 그를 죽이고 자신도 죽음으로써 마지막을 화려하게 불태울 생각이다.

하지만 그리 말해서야 수하들이 말을 들을 리가 없지 않은가.

신의를 인질로 삼는 것이 그들에게 살 길을 제시하는 것이라 생각하면 된다.

"오오. 그러면 되겠습니다!"

"가자! 가! 저놈이라도 잡아야 여기서 빠져나갈 수 있다."

"우와아아악!"

대두령인 자신을 따르며, 나머지 산적들이 신의라는 자를 노리고 달려들기 시작한다.

다 죽어가던 상황에서 희망이 보이게 되니 그 기세는 가히 일변도(一邊倒)라고 할 수 있을 만한 상황.

"어엇. 이, 이놈들이!"

"뭐야! 왜 저쪽으로 가는 거야?"

상태를 파악하지 못한 몇몇 산적들은, 의방 사람들에 의해서 죽음을 맞이하고.

그나마 대두령이라는 자의 뒤를 따라서 달리는 자들은 그 목숨줄을 더 이어나갈 수가 있었다.

그들이 달려 나갔다. 신의 운현에게로!

"음?"

한창 주변을 돕고, 산적들을 베어나가던 운현으로서는 무언가 찜찜함을 느꼈다. 산적들의 기세가 변하였다.

그리고,

'나를 노린다.'

그들이 오는 방향은 하나같이 자신이 있는 방향이었다.

자신이 좌로 움직이면, 좌로. 우로 움직이면, 우로 방향을 전환하고 있었다. 자신을 노리고 있는 것이다.

'뭐지?'

의방의 주인인 자신을 잡게 되면 살 수 있을 거라고 여기는 것일까?

자신이 당한다면 되려 흥분한 의방 사람들이 더욱 날뛰게 될 거라고는 생각지 못하는 것일까?

그 정도로 생각이 짧은 자들이 이곳에까지 쳐들어 왔단 말인가? 그건 아닐 것이다. 의도가 뭘까.

"모르겠군. 하지만 하나 확실한 것은."

물러날 수 없다는 것.

적이라 할 수 있는 자들을 상대해야 한다는 것.

오늘만큼은 무인으로서, 적들을 막기 위해서 맞서야 한다는 것이 확실했다!

"와라!"

"오냐!"

운형준. 그가 자신의 검을 치켜세우고서는 운현을 향해서 기다란 선을 그려낸다.

그의 무서운 기세를 담은 검을 운현이 아슬아슬한 차이로 피해낸다.

"……웃."

산적치고는 강한 자였다. 아니, 산적이 가질 만한 무위가 아니었다. 이 정도 기세는, 이 정도의 선을 그릴 수 있는 경지는.

'절정이다.'

고 표두와 같은 절정에 이른 자들이나 가능한 기세다.

대체 절정이라는 자가 왜 산적일이나 하고 있는 것인가? 다른 일을 하더라도 편히 살 수 있을 텐데?

아니, 산적을 하려면 녹림채에 들어갈 수도 있었을 텐데, 왜 녹림채도 아닌 곳에 절정이 있는 것인가?

'어이없군……'

이곳에 있을 만한 실력이 아니다. 절정이라는 것은, 가치가 있는 자다. 어딜 가도 대우를 받을 만한 자인 것이다.

그런 자가 산적질이나 하다니 우습지도 않다.

'피해야 하는가?'

분명 객관적으로 보면 자신 이상의 무위를 지닌 자다. 지금의 경지에서 맞서기에는 어렵기만 한 자였다.

어렵사리 적의 검을 피하고는 있지만 거기까지다.

근래에 승정환을 만들면서 얻은 기에 대한 감각이 아니었다면 힘들었을 것이다. 공격하는 것 자체도 무리인 상황이다.

하지만 피할 수 없다.

"으엇! 신의님!"

아니, 피할 방법도 없었다. 자신을 마지막 구명줄로 여긴 것인지, 어느샌가 다가온 산적들이 자신을 둘러싸고 있었다.

자신을 보호하려는 것이 아니다. 적이니 당연하지 않은가. 적들은 자신을 얻기 위해서 둘러싼 것이다.

"순순히 잡히라고!"

저 절정의 고수가 자신을 집중적으로 공격하는 것은, 절정쯤 되어야 자신을 인질로 삼을 수 있기 때문이겠지.

실제는 운현을 죽일 생각인 운형준이지만, 그의 속내를 다른 누가 알 것인가. 운현이나 산적들이나 인질극을 벌인다고밖에 생각하지 못할 상황이다.

 '젠장…… 인질인 건가.'

 이럴 줄 알았으면, 고 표두의 말대로 무공에 좀 더 시간을 할애할 것을.

 역시 후회란 것은, 하고 있을 때는 이미 늦은 것이다.

 진을 만들고, 함정을 파고 할 게 아니라 무공을 닦으며 미리 대비를 해야 하는 것은 자신이었던 것이다.

 "조금만 버티거라!"

 "도련님!"

 산적들에 둘러싸인 채로, 절정 고수의 검이 자신의 목숨을 계속해서 위협한다.

 "두령, 어서 잡아야 합니다!"

 산적들은 자신들이 손을 쓰기에는 애매하다 여긴 덕분에, 오직 두령이라는 자만 자신을 공격할 뿐이었다.

 모두가 공격해도 모자랄 판에 우습지도 않은 상황이다.

 "후우…… 촌극이군."

 "……하악……."

 하지만 우스운 상황과 다르게, 상대의 검은 확실히 매서

왔다. 운현으로서는 겨우겨우 피할 수밖에 없는 상황.

"크읏."

결국에는 경지의 차이를 이겨낼 수 없었던 것인지, 상대의 검이 그어질 때마다 몸에 생채기가 난다.

다행히도 얕았다.

'상대도 지쳐 있긴 했던 건가. 그도 아니면 뭔가……. 모르겠다.'

얕은 상처에 상관없이 상대의 살기는 깊었다. 어떤 식으로든 자신을 죽이려는 듯 살기가 느껴졌다.

'살기?'

인질극을 벌이려는데 살기라고?

저 눈은 이미 뒤가 없는 자나 할 만한 눈이지 않은가. 불치병에 걸린 자들, 천병에 걸린 마을 사람들이 하던 그런 눈빛이다.

'뒤가 없다는 건가? 확실히 승산이 있는데? 아니 애시당초 상대는 전력을 다하기라도 하는 것인가?'

대체 무엇을 노리는 것인가. 상대라는 자는!

'이게 아닌데…… 절정이 아니었단 말인가? 정 사형의 보고는 어찌 된 건가!'

운현의 생각대로 운형준은 마지막의 한 수를 날리지 못하

한판 붙다 223

고 있었다. 운현이 재빠르기는 하지만 절정인 운형준이 이기지 못할 리가 없었다.

헌데 그것이 문제였다.

마지막을 불태우기로 달려온 운형준이지 않은가. 여기 이 자리에서 죽지 않고서야 자신에게 다른 선택권은 없었다.

해서 신의라 불리는 자, 자신과 같은 절정의 실력을 가진 자를 상대를 마지막으로 삼고자 달려오지 않았던가.

그런데 신의라는 자는, 생각 이상으로 약. 한. 자였다. 자신의 마지막을 불태우기에는 한없이 아까운!

"대체 뭐냐!"

"무슨······."

"뭐냔 말이냐. 절정이 아니었더냐?"

"······후우."

따져 물어야 운현이 대답을 해주겠는가. 절정이 아님에도 절정이라고 대답이라도 해줘야 한다는 말인가?

상대의 생각과 사정은 전혀 모르는 서로이지 않은가.

대답을 해줄 의무는 없었다. 적일 따름이었으니까.

'죽는 그날, 마지막을 선택도 하지 못 한다는 것인가? 빌어먹을!'

자신이 상상했던 마지막이 아니어서일까. 자신이 생각했던 불타오름이 아니어서일까. 그도 아니면 뒤가 없어서일까.

그때부터 운형준은 자신을 놓아버렸다.

"우와아아아악!"

그의 눈이 시뻘게진다. 마치 있을 수 없는 일을 당한 피해자처럼, 크게 분노를 하기 시작한다.

'망할 대의! 망할 사형! 망할 목숨이지 않은가!'

냉혹하리만치 잘 정련된 선을 그려가며 운현을 압박해 가던 운형준의 검이 매서워지기 시작한다.

그 대신 냉혹함이 주어진 그의 검은 정련된 검이라기보다는, 한 없이 산란(散亂)한 검이기도 하였다.

틈이 생긴 것이다.

"두령!"

"왜 그러십니까!"

그의 검을 상대하기 힘든 운현으로서는 차라리 이런 검이 상대하기 편하였다.

하지만 그런 그의 검을 피하면서도 운현은 의문을 지우지 않을 수가 없었다.

'대체 뭐지? 뭔가가 있지 않은가?'

냉정하게 말해 상대는 자신을 잡을 수 있었다.

인질극이 아니라 자신의 목숨을 얻고자 한다면 산란한 검보다는 잘 정련된 검술이 더 나았을 것이다.

그럼에도 저 두령이라는 상대는 모든 것을 다 놓아버리기라도 한 듯, 미친 듯 검을 쏘아내고 있을 뿐이었다.

'뭔가 있다. 내막이 있어.'

죽으려고 하는 자였다. 삶의 마지막을 준비하는 시한부의 삶을 가진 자의 눈이었다.

어쩌면 이번 산적들의 침입은, 뒤에 있을 무언가 흑막을 위한 침입이었을지도 모른다.

'진짜 난세인가……'

아직까지 어떤 결론을 내릴 수는 없었다.

다만 주화입마라도 당해 미친 것처럼 시뻘건 눈을 하고는 달려드는 저 두령이라는 자의 검을 피하고, 틈을 노릴 뿐이었다.

'산다. 살아야 한다.'

흑막을 알아내든, 그 뒤를 알아보든 그것은 살고 나서의 일이다.

살고자 하는 의지.

마지막을 화려하게 불태우려던 의지.

그 두 의지가 맞부딪친다. 누군가는 살기 위해서, 또 누군가는 죽기 위해서.

생각의 찰나와 틈. 죽고자 하는 자와 살고자 하는 자의 각오의 차이가 나뉜 것일까.

'틈!'

수없이 흩뿌려지던 상대의 검.

산란된 검에 마주한 운현의 눈에 작은 틈이 보였다. 아니 기운의 차이가 보였다.

승정환을 수없이 만들면서 오행의 기운을 쉽게 읽게 된 그의 감각이!

상대의 내력이 제대로 이어지지 못함을 잡아냈다!

찌른다! 죽인다! 살기 위해서!

"……크륵."

상대의 폐를 운현의 검이 관통한다. 순식간에 이루어진 일에 산적들도, 의방을 지키던 인원들도 모두 놀란 얼굴을 한다.

"……크으……"

콰즉—

운현의 검이 폐를 관통하고도 모자라 칼날의 끝까지 폐를 뚫고 지나간다. 둘의 사이가 가까워진다.

고통에 가득 찬 상대의 귓가에 운현의 목소리가 파고든다.

"왜 그랬소?"

지금까지의 모든 의문을 닮은 물음이다.

절정이나 된 자가 왜 산적질을 하는지. 두령이라지만 왜 그런 일을 벌이는지. 왜 자살 시도 같은 미친 짓으로 이곳을 쳐들어 왔는지.

왜 죽으려고 하는지!

그 모든 것을 묻는 물음이었다.

"킥……."

웃음인가. 마지막은? 상대는 이미 대답할 생각이 없는 것인지, 그저 웃어 보인다. 그리곤.

"무슨!"

쯔즈즉—

자신이 몸을 움직여 폐를 관통한 검을 심장으로 가져다 댄다.

고통스러울 텐데도, 미친 짓임을 알텐 데도. 상대는 고통을 가득 참고, 미친 듯 웃음을 지어 보이려 애를 쓰며 자신을 자살로 이끌어 간다.

"크륵……."

입 새로 피를 뿜어낸다. 심장이 관통당하고, 폐에 피가 찼으니, 피를 뿜어내는 것도 당연했다.

운현은 그 피를 피할 생각도 하지 못했다.

"대체 왜! 무슨 이유로!"

사람을 살리는 의원인 자신이다. 의방을 위해서 검을 빼어 들었다지만, 사람을 살하는 것을 즐기는 것은 아니다.

그런 자신이다.

사람을 살리자고 의방을 크게 키우는 자신이다.

그런데도 그런 자신의 검을 이용하여 상대가 자살을 했다.

자신을 죽이려던 자다. 자신도 틈을 보아 죽이려던 자이지만, 이런 죽음은 우습지도 않지 않은가!

"대체!!!!!!!!!!!!!!"

죽었다. 그렇게 그는 자살로 자신의 삶의 마지막을 마무리했다.

"두령!"

뒤늦게서야 상황을 파악한 산적들이 운현을 향해서 달려든다.

자신들이 믿고 있었던 두령의 죽음에 분노를 한다. 누군가는 경악한다. 누군가는 겁을 먹는다.

촌극이다. 희극이고, 비극이다. 무언가가 그려낸 우습지도 않은 상황이다. 무언가가 극을 그려낸다.

"죽어!"

"죽으라고!"

자신에게 달려드는 산적들의 검을 피한다. 대두령이라는 자 정도가 아니고서야, 이들의 검을 피하는 것은 그리 어렵지 만은 않았다.

조금만 버티면 자신을 보호하기 위한 표국 사람들이 도착을 하리라.
'……이 일이 끝나면……'
자신의 꿈을 위해서가 아니라 그 이상의 무언가를 해야 할지도 모른다는 것을 직감하는 운현이었다.

第十二章
확신이 서다

"……쿨럭."

마지막 산적의 몸에 검이 꽂혀 든다. 그에게 파고든 검날만 하더라도 네 개다.

하나도 아니고 여럿이라니.

다들 지루하게 이어졌던 전투를 끝내기 위해서, 망설이지 않고 검을 내지른 것이 분명했다.

"끝인가."

"후우…… 생각보다 길었군."

산적의 수는 추산 삼백 정도.

의방에서 준비하고 있던 자들의 수는 삼백오십이 좀 넘는 수였다. 숫자의 우위와 미리 준비한 것들까지.

수도 많고, 준비도 확실했다. 질려야 질 수가 없는 싸움이다.

하지만 얼핏 보기에도 피해가 전혀 없지만은 않았다. 부상도 여럿 보였고, 목숨을 잃은 자들도 분명 있었다.

전투가 이뤄지다 보면 실력의 고하에 상관없이 부상이 있을 수밖에 없다손 치더라도, 사망자는 뼈아팠다.

"치열했군……."

"그래도 마지막에 백 정도 남았을 때…… 도망치려고 해서 다행일지도."

대두령이 죽고 나서부터, 희망을 잃은 것일까. 상대는 잔뜩 분노를 한 채로 운현을 포함한 의방 사람들에게 달려들었다.

대두령의 복수를 위해서였을 것이다.

그들이 목숨도 생각지 않고 달려들 만큼, 평소 대두령이란 자의 장악력이 그만큼 높았을 것이다.

그때가 전투 중 가장 치열한 부분이었다.

그래도 몇 분의 시간이 지난 후에는 정신을 차리고서는 살길을 모색한다고 도망을 시도하기는 했다.

의방 사람들은 그런 그들의 뒤를 노렸다.

자신들의 목숨을 앗아가고자 온 자들, 의방을 치러 온 자들을 용서하고 넘어갈 수는 없지 않은가.

얕보이면 언제든 쳐들어올지 모를 자들이 바로 산적 같은 것들이다.

게다가 함께 하던 자들 중에 산적의 공격에 당한 자들도 분명 있었다.

분노, 복수, 지키기 위한 마음 거기에 더해진 전투로 인한 흥분. 여러 가지가 점철된 채로 추격을 했다.

그리곤 마지막의 마지막 산적까지 칠 수 있었던 것이다. 그렇게 산적과 의방 사람들의 전투는 끝이 났다.

남은 것은 전투가 벌어졌던 곳의 정리뿐.

무인들끼리의 전투 치고는 대규모의 전투였다. 중소 문파 둘이서 부딪칠 만큼의 규모였다.

덕분인지, 시체들도 많았으며 치료해야 할 부상자도 많았다.

"어서 이곳으로!"

"크흐……."

"다들 뭐하나, 부상자들을 옮기지 않고!"

다행인 점이 있다면 전투가 벌어진 곳이 의방이지 않던가. 의원들이 바로 투입될 수 있었다.

다른 곳에 비해서 부상자들이 살 확률이 높다는 소리다.

"부상자들은 나르고, 사망자들은 한데 모으도록!"

"산적은 어찌합니까?"

"알지 않는가?"

"처리 하겠습니다."

아버지 이후원을 필두로 하여, 형의문이고 문운파고 할 것 없이 뒷수습을 하기 시작한다.

"후우…… 진짜 끝인가."

그 장면을 운현은 멀거니 바라보고 있었다.

죽어버린 자가 백이 넘었다. 수백이다. 부상자들만 하더라도 수십. 전투의 참상이라고 할 만한 장면이 자신의 눈을 가득 채우고 있었다.

떨리느냐고? 아니.

전투에서 떨리는 것은 첫 실전에서 떨었던 것으로 족했다. 이미 경험한 것에 덜덜 떨 만큼 무른 자신은 아니었다.

대신에 그의 마음은 전투에 대한 두려움이 아니라, 두령이라는 자가 보였던 것에 대한 혼란으로 가득 차 있었다.

'분명 자살이다. 뭔가 있어.'

처음 산적들이 쳐들어 올 때까지만 하더라도 한탕을 하려 쳐들어온 것이라 여겼다.

승정환으로 큰돈을 벌어들인 의방. 그들에게는 당첨복권

으로 보일 법했으니 타당한 이유다.

그런데 막상 전투를 벌이고 보니 그게 아니었다.

'시한부의 눈.'

상대의 눈은 죽으려는 자의 눈이었다.

다른 사람은 몰라도 전생을 통틀어 지금에 이르러서까지 많은 환자를 보아 온 운현은 그 눈을 잘 알았다.

모르면 그게 더 이상한 일이었다.

거기서 의문이 발생했다. 상대는 대체 왜 죽으려고 한단 말인가. 무슨 이유로 죽을 자리를 찾아온 것일까.

수없이 많은, 그러면서도 타당한 의문들이다.

전투 후에도 끊임없이 머리를 굴려서일까. 아니면 몸에 낫던 생채기들을 무시해서일까.

운현은 왠지 모르게 어지럼증이 들이닥쳤다.

"음? 독? 아닌데…… 크……."

그제서야 관심을 가지지 않았던 자신의 몸이 보이기 시작한다. 대두령이라는 자의 검을 피하면서 났던 상처들에 눈이 간다.

생채기치고는 깊은 상처들. 어쩌면 흉이 될지도 모르는 검상들이 팔을 시작하여, 몸에도 나 있었다.

'이런 상태로 뛰어다녔던 건가……'

대두령이 죽고도 산적들을 상대하기 위해서 전투를 벌였

던 운현이다.

피를 흘리면서도, 그대로 전투를 벌였으니 지금에 와서 어지럼증이 느껴지는 것도 당연했다.

피도 없는 데다 피로도도 상당하니 탈수현상도 더해지는 것이겠지.

자신의 몸을 파악하자 긴장이 풀리는 것인지, 다리 아래로 힘이 풀리기 시작한다. 탈진을 한 것이다.

"신의님!"

멀리서부터 제갈소화의 목소리가 들려온다.

제갈소화, 장지민, 남궁미, 고 표두, 그리고 아버지. 모두가 놀란 눈을 하고서는 자신에게로 달려오는 것이 보인다.

많은 이들이 자신을 위해서 달려오는 장면이었다.

"흐우……."

운현은 그들의 모습을 보면서 안심을 하고는 그대로 눈을 감았다.

'아주 잠시. 잠시만 쉬자……'

이 일 후에는 해야 할 일이 많았다.

대두령이라는 자의 흑막도, 의방을 키우는 것도, 무공도. 해야 할 일투성이었다. 게다가 좀 더 적극적으로 움직이기로 하지 않았던가.

그는 지금의 시간이 마지막 휴식이라고 여기면서 그렇게

잠시 눈을 감았다.

*　　　*　　　*

'으음…… 오랜만인데……'

잠시 정신을 잃을 것 정도야 이미 쓰러질 때에 알고 있었다.

쓰러졌었음에도 전투의 후유증이 몸에 남아 있는 것인지 온몸이 쑤시고, 몸이 무거웠다.

마치 오래전에 수련을 할 때에 느꼈던 그 느낌과 같았다. 어린 나이에 말도 안 되는 강도로 수련을 할 때 느꼈던 피로도다.

형들과 함께 할 때에 느꼈던 그 피로도.

'흐. 이럴 때면 아버지가 가끔 안마를 해주고는 했는데…… 형들이 챙겨주거나.'

오랜만에 아주 어릴 때의 기억이 난다.

어릴 적 그때. 수련을 제외하고는 아주 단란했던 나날들. 환생을 했음에도 안정감을 줄 만한, 좋은 생활이었다.

물론 지금도 부모님이 있고, 멀리 떠나 있다지만 형들이 있으니 나쁜 삶은 아니다. 이번 전투만 해도 많은 이들이 자신을 도와주지 않았던가.

'나쁜 것은 없다.'

다만 앞으로 해야 할 일이 많아졌을 뿐.

전이라면 실전이 싫다는 이유로, 피가 싫다는 이유로 도망을 쳤겠지만 이제부터는 그런 일은 없다.

전보다 더 적극적으로 움직일 생각이었으니 당연한 이야기다.

의방이 어느 정도 자리를 잡기 시작하면, 자살을 하듯 죽어간 그자의 뒤에 무슨 흑막이 숨겨져 있는지부터 알아볼 참이다.

한춘석에게 맡겼던 물건도 곧 만들어질 예정이고, 의방의 의원들도 조금만 더 교육을 하면 되었다.

임시가 아니라 제대로 된 총관도 구하고, 사람을 더 투입하면 의방도 확실히 자리를 잡게 될 것이다.

그때부터는 무공도, 흑막도 알아 볼 시간이 확실히 생길 거다. 길어야 몇 달이면 된다.

'그러자면 어서 눈부터 떠야겠지.'

떨리는 눈가에 힘을 주어서 눈을 뜬다.

이곳이 어딘지 예상은 가지만, 몸을 일으키기 전에 주변부터 살피려는 것이다. 빛의 따가움을 이겨내며 눈을 활짝 떠 보니.

"어?"

"일어났느냐?"

전혀 생각지도 못했던 이가 보였다. 앳된 모습이 전에 비해 없어졌지만, 누군지 모를 리가 없는 이였다.

"형? 형이 왜 여기에?"

무당파에 있어야 할 첫째 형이다.

나이를 먹어가면서 무뚝뚝해지기는 했지만, 든든한 형이다. 실제는 자신보다 어림에도 믿을 만한 사람.

근면성실함으로 무당의 정식제자가 된, 부모님에게도 믿음을 줄 만한 첫째 형이 자신의 앞에 있는 것이다.

"산적들을 막기 위해서 스승님과 함께 왔다. 출발을 할 때까지만 해도 의방에 쳐들어 올 줄은 몰랐지만 말이지……."

"우리도 하오문이 알려주지 않았다면 파악이 늦었을 거야."

이번일은 하오문의 도움이 컸다. 운현의 형 명학도 그것을 아는지 순순히 고개를 끄덕이며 인정했다.

"그래. 소문을 듣고 뒤늦게 달리기는 했지만…… 늦어서 미안하다."

"……그런 걸 미안해할 필요는 없다고. 형."

"정식 제자가 되면…… 쉽게 지켜줄 수 있을 거라 여겼는데…… 하핫. 정말 미안하다."

왠지 시무룩해 보이지 않는가.

하기야 무뚝뚝함 뒤에 가려진 그의 모습에는 작은 것에도 미안해하는 순박함이 있기는 했다.

'형도 여전하구나.'

좋은 형이다. 환생을 한 그에게 내려준 선물인 가족들 중에 하나인 형이다.

"그런 걸로 미안해하지 말라고."

"부상은 괜찮은 거냐?"

"으음…… 부상이랄 것도 있나? 척 봐도 나쁠 것은 없어 보이는데."

운현은 말을 하면서도 자신의 몸을 자세히 살펴보았다. 기를 돌려서 내부를 느꼈음도 물론이다.

내상도 없었고, 생각 외로 깊게 들어간 상처도 있기는 했지만 처방이 잘 되어 있었다. 흉 정도야 문제는 없다.

산적들과 벌인 실전치고는 선방을 보였다 할 만한 상처들인 것이다.

"의원인 네가 말한 거니 확실하겠지. 하핫. 그래도 신의님이니까?"

"에이. 형까지 그런 말은 하지 말라고. 의방에서 듣는 걸로 충분해."

"그렇더냐?"

운현을 바라보는 명학의 표정에는 동생에 대한 뿌듯함과

자랑스러움이 서려 있었다.

흔히 있는 능력 있는 형제에 대한 질투라든가 하는 그런 모습은 보이지도 않는 따뜻함이었다.

"그런 거지. 그나저나 스승님하고 왔다고 한다면…… 운인 도장님이 오신 거겠군."

"그래. 지금은 아버지랑 대화를 하고 계신 것으로 알고 있다."

"대화인가……."

"뒷수습부터 시작해서…… 정확히 과정을 파악해야 할 테니까."

"흐음……."

무당파의 영역이나 다름없는 이곳이다. 그들이 확인을 하는 것이야 당연한 이야기였다.

"사실 처음 이곳으로 출발할 때까지만 해도 휴가 차원이라고 할 수 있었다. 이곳에 산적이 쳐들어 올 것이라고는 예상치 못했거든."

"그렇겠지. 무슨 대단한 곳도 아니었으니까."

휴가 같은 것이었던가.

하기야 무당 내에서도 근면성실로 소문이 났다던 첫째형이다. 운인도장이 산적들을 핑계 삼아 휴가를 줄만도 했다.

그는 그렇지 않으면 전혀 쉬지 않을 성격이니까.

평소 말이 적은 첫째 형치고 이렇게 계속 말을 하는 것을 보면, 제때에 도착하지 못한 것이 못내 미안한 듯했다.

"그런데 이런 식으로 산적이 쳐들어올 줄은…… 그리고 늦을 줄은 몰랐다."

"……그건 나도 몰랐지. 계속 이야기하지 않아도 돼. 너무 미안해하지도 말고."

"그래. 그런데 이제 어쩔 참이더냐?"

"뭘?"

"스승님께서 말씀하시기로. 이번 일이 시작일 수도 있다고 하였다."

"흐음……."

운인 도장은 현장에 있지 않았음에도 무언가 느낀 것인가? 역시 식견이 있는 자였다.

"확실히…… 이번일로 보아 뭔가가 벌어지긴 벌어지고 있다는 건 확실하지."

아버지와 준비하던 난세 정도가 아닐지도 모른다. 그 이상의 뭔가가 있을지도 모른다는 생각이 운현의 머리에 가득 찼다.

"그래. 그러니 어떻게 할 것이냐고 묻는 것이다. 네가 요청한다면 무당에서도 무사들을 보내줄지도 모른다."

"무당의 무사들이라면 믿을 만하지. 하핫."

공물행 사건이라든가, 강시 사건에서 무당 무사들이 활약을 하지 못하기는 했지만 그들은 분명 강하다.

그들이 파견되어 와 이곳을 도와준다면 분명 든든한 방어막이 되어줄 수 있을 것이다.

요청만 하면 분명 도와줄 거다.

'그래서는 안 되지⋯⋯ 그런 방식으로는 전과 같을 수밖에 없으니까.'

허나 운현은 그런 식으로 보호만 받아서는 안 되었다 여겼다.

이번 일로 확실하게 알았다. 도움을 받기만 해서는 피해를 크게 늘릴 뿐이라고.

형의문과 문운파, 표국이 도와주는 것을 보면서 깨달았다. 그들의 도움도 중요했지만, 중요한 것은 다른 것에 있었다.

'내 힘을 길러야 한다.'

산적들에 둘러싸여서 두령이라는 자의 공격을 받았을 때. 확실하게 느꼈다. 흑막을 알아내기 이전에 해야 할 일이 있다는 것을.

"그럼 스승님께 요청을 해두도록 하겠다. 이곳에 무사들 몇 정도 파견을 해달라고."

"아니, 아니야."

"음?"

"분명 파견을 요청하면 무사들은 보내주겠지. 분명히."

"그럴 거다. 네 명성도 있고, 나도 있으니 확실하지."

"그렇지만 안 돼."

"어째서냐?"

"결심이 섰으니까."

"결심?"

"그래. 좀 광오해 보일지도 모르지만…… 새로운 결심이 하나 섰거든."

"음?"

"……피하기만 했었는데, 이참에 확실히 알아버렸지. 목숨의 위협까지 받으면서 말이야."

"그러니 요청을 하는 것이……."

무공을 익히는 걸 알게 모르게 피해왔다. 기의 연구만 한다고 말을 하면서 피해왔던 거다. 이제 확실히 알았다.

어쩌면 자신은 기의 연구, 의원으로서의 길을 걷는다는 핑계로 자기 합리화를 해내고 있었을지도 모른다.

세상을 살아가기 위해서는 좀 더 열심히, 치열하게 움직여야 함을 알고 있으면서도.

'이 정도면 되겠지.'

라는 얕은 마음가짐으로 흉내만 내는 삶을 살았을지도 모른다. 그러니 이 참에 확실히 말해야 했다.

"아니야. 중요한 건 남의 힘을 빌리는 게 아니었다고. 내 힘을 기르는 거지."

"힘을 기를 때까지 요청을 할 수 있지 않겠느냐?"

"아니. 그래서는 안 돼. 하핫. 형에게는 미안하기는 하지만, 그래도 부탁할게. 요청하지 마."

"으음……."

명학도 진심은 알 것이다. 다만 가족이자, 형으로서 어려운 선택을 한 동생에 대한 걱정이 가득한 것일 게다.

"너무 걱정 말라고. 잘 해낼 테니까."

"그래. 내 동생이니까…… 잘 해낼 것이다."

"하핫. 그게 뭐야. 자아, 어쨌거나 형은 무당에서 어찌 지냈어?"

"뭐 나야……."

한담을 나눈다. 오랜만에 본 형과의 해후를 나눈다.

그러면서도 운현의 눈은 빛나고 있었다. 각오를 한 자. 앞으로 치열하게 살아갈 마음을 세운 자의 눈이었다.

그는, 무공이 아닌 의지를 곧게 세움으로써 한층 더 강해졌다.

第十三章
한 보 내딛다

 적극적으로 움직인다는 것에 어떤 방법이 있을까. 좀 더 나은 방법을 찾는다는 것은 무엇일까.

 보통 사람이라 하는 것은 무슨 목적이 정해지게 되면, 방법론을 찾게 되지 않는가.

 '과거 시험에 합격을 하겠다.'

 그러자면, 어떻게 해야 할지를 찾는 게 사람이다. 목적을 이루기 위해서 방법론을 찾는 것은 당연하다면 당연한 이야기일 터.

 하지만 운현은 그러한 방법론을 찾는 것 자체를 부정부터 하고 봤다.

"쓸데없지…… 어차피 방법은 다 알거든. 흐음……."

전생에서 이미 수없이 그런 경험을 보고 들은 그다.

전생에 경험에 비추어보자면 예라고 할 것도 수없이 많았다.

'서울대를 가고 싶다. 적어도 서울에 있는 대학을 가고 싶다.'

보통 아이들에게 처음으로 주어지는 목적이란 거다.

보통의 아이들은 머리가 아주 무식하지는 않는 한, 고등학교 삼 년 내내 공부를 열심히 하면 인 서울 정도는 할 수 있다는 것은 다 알고 있다.

'방법을 몰라서 안 하는 것이 아니다.'

방법이야 차고 넘치게 많았고, 굳이 서울대를 못가도 서울권의 대학을 가는 것은 열심히만 하면 가능은 하다.

예외는 분명 있기는 하다. 집안이 어렵다거나, 말도 안 되는 사정이 생길 수도 있겠지. 그런 예외를 말하자는 게 아니다.

대다수를 말하자는 거다. 그리고 그런 대다수가 가지는 문제는 방법론의 문제가 아니다.

'의지의 문제다.'

바로 자신처럼 의지의 문제다.

검을 한 번 휘두르는 자보다 백 번 휘두르는 자가 강할 것은 누구나 아는 사실이다.

애써 수련을 피하는 것보다, 수련에 열심히인 쪽이 무공이 좀 더 높은 경지에 이를 수 있는 것은 당연한 이야기다.

그렇다면 깨달음은 어떻게 하는가? 아무리 노력해도 도달하지 못할 때가 있는 것이 깨달음이지 않은가?

라는 의문도 생길 수 있다. 공부와 무공이라는 것은 같으면서도 다른 면이 있으니까.

하지만 지금까지의 이야기는 깨달음을 얻을 확률과는 또 다른 문제였다.

'애당초 깨달음이라는 것도 수련을 열심히 한 자, 준비된 자에게 오는 것이니까. 어찌 되었든 중요한 건 해야 한다는 거지.'

결국 의지가 중요하다는 거다.

방법론 따위야 이미 세상에 널리 퍼져 있으니, 그 방법론을 믿고 달려 나가면 되는 것이다.

"거기다가 나는 전생의 지식으로 더 많은 방법론을 알고 있으니까…… 결국 의지의 문제였던 건가."

어려서부터 좀 더 노력을 했더라면, 좀 더 치열하게 했더라면 대두령과의 결투에서 좀 더 쉽게 이겨냈을지도 모른다.

자신의 힘이 더욱 강했다면, 준비가 더욱 철저했다면 자신을 도와주러 왔던 자들도 희생이 적었을 것임은 분명하다.

후회는 한 번으로 족하지 않은가? 이미 한 번 후회를 하고, 목숨을 대가로 치를 뻔하였으니 더 후회할 이유도 없다.

"그러니 움직여 볼까."

무공도, 의술도, 의방도, 그 모든 것들을 다 깨부술 듯이 해낼 예정인 그였다. 좀 더 치열하게.

* * *

하루라도 빨리 일어나 움직이고 싶은 운현이었다.

하지만 의방 의원부터 시작을 하여 주변의 사람들이 그를 놓아주지를 않았다. 좀 더 쉬게 만든 것이다.

의원으로서 부상자를 치료해야 한다고 말을 했지만 다들 막무가내였다.

그가 없어도 그 정도는 가능하다고 말하면서 우기니 어쩌겠는가.

덕분에 그는 그대로 누워 있을 수밖에 없었고, 눈을 뜨고 삼 일이라는 시간이 지나고 나서야, 일어날 수 있었다.

삼 일이 지난 후부터는 그가 사람들에게 우겼는지라, 일어나는 것을 방해한다거나 하는 이는 없었다.

그가 일어나자마자 찾은 곳은 자신의 아버지가 있는 국주실이다. 다음에야 감사를 표하기 위해서 형의문이나 문운파에 들를 예정이지만 우선은 이곳부터다.

"운현입니다."

"들어 오거라."

뒷수습을 위해서인지 전보다 많은 종이더미들 안에서 파묻혀 있는 자신의 아버지가 보였다.

시대가 시대인지라, 종이로 꾸려진 서류 같은 것이 많은 시대는 아니었다. 관리들이면 또 모를까, 표국은 아닌 편이다.

'그럼에도 표국에 관련해서 저리 많은 종이더미라니. 의뢰표 같은 걸 제해도 많군……'

척 봐도 자신의 아버지 이후원이 얼마나 바쁜지는 알 만했다.

"몸은 좀 괜찮으냐?"

"예. 아버지야 말로 고생이십니다."

"허헛. 고생까지야…… 많아 보이기는 해도 별거 아닌 것들이다."

하루라도 제대로 쉬었을까. 아마 의방의 일이 있고나서도 밀린 집무로 인해 피곤한 날을 보내고 있었을 아버지다.

집무가 없으면 표행에라도 나서서 한손을 거드시는 분이니. 제대로 쉬었을 리가 없다.

'정말 보약이라도 만들어서 드려야겠군.'

쉬라고 해서 쉴 분도 아니니, 자신이 따로 챙겨드려야 할 터다.

"전에 네게 말한 대로 뒷수습은 이미 해 놓았다. 의방이 돌아가려면 시일이 좀 걸리겠지만 며칠 후면 될 게다."

"감사합니다."

"허허. 해야 할 일이었지. 이제 가보려는 참이냐?"

아버지에게 인사 정도를 하고 갈 것이라고 여긴 것인가. 그가 간접적인 축객령을 말했다.

"아니요. 드릴 말씀이 있습니다."

"허어…… 네가 이렇게 진지하게 부탁을 할 때면 일거리가 늘었는데. 허헛."

농인가.

하기야 표국에 성과제를 비슷하게 들이는 것, 표사들을 모집할 때의 새로운 방식도 자신이 추천한 것이다.

반쯤은 진담인 농담일 것이다.

"그래도 효과는 확실하지 않습니까?"

"그래서 할 수밖에 없는 것이겠지. 그래 이번에는 또 무슨 일거리더냐?"

"전에 승정환 판매를 부탁드릴 때, 말했지요? 그때의 판매 경험이 도움이 되실 거라구요."

승정환 판매를 잘 해온 자신의 아버지며 표국이다. 덕분인지 자신도 수익이 늘었고, 수익 중 일부를 아버지에게 수수

료로 주었다.

표국에서 벌어들이는 돈이 표행만이 아니라 승정환 판매액도 있게 된 것이다.

"그렇긴 하다. 덕분에 상단들에서 불만이 많기는 하였지. 그런 식으로 팔아서야 어쩌느냐고 따지는 이도 있기는 했다."

"예상했던 바입니다."

"예상을 했다고?"

"예. 너무 당연했으니까요."

승정환을 만드는 것은 의원의 영역이다. 그것을 옮기는 것은 표국의 영역이다.

하지만 판매를 하는 것은? 의원도 표국도 아닌 상단의 역할이다. 그걸 이통표국은 끼어든 것이다.

그들이 불만을 말하는 것도 당연한 이야기다.

"허허. 명성이 떨어질 것은 예상 못 해도 그것은 예상하고 있었구나. 그럼에도 부탁을 하였고."

"예. 상단들이 불만은 있어도 건드리지는 않지 않았습니까?"

"······이 아비의 입으로 이런 말을 하기는 뭐하지만 이통표국의 성세가 있으니까. 게다가 무당의 제자들이 있기도 하고."

상단 입장에서는 이통표국이 눈엣가시였을 것이다. 그럼에도 건드리지 않았던 이유? 이후원의 말대로다.

이통표국이 아니라 무당이 무서워서였을 것이다. 게다가 운현이 황녀와 인연이 있다는 것도 마음에 걸렸겠지.

그러니 대놓고 건드리지를 못했을 것이다.

"덕분에 의뢰가 좀 줄어들지도 모른다. 상단들이 반항할 방법은 그것뿐이지 않느냐."

"확실히 그럴지도 모르지요."

"그래도 해야 했느냐?"

"예. 그래도 해야 했습니다. 지금부터 벌일 일에 도움이 될 것이 분명하니까요."

"도움이라…… 단순히 승정환 판매뿐만 아니라 그 이상의 뭔가를 생각하고 있었던 게로구나."

"예. 반쯤은 상단 같은 일이 되어버리게 되겠지만, 저희 표국이 단번에 크게 되려면 이럴 수밖에 없지요."

첫 표행에서 이미 생각해 놓았던 바를 이제 와서 말하고 있다.

상단들이 마음에 걸리기도 하였으며, 자신이 굳이 나서지 않아도 표국이 잘 돌아갈 것이라 여긴 탓이다.

그때는 자신이 나설 필요가 없다고 여겼기에 그리 생각했다.

하지만 지금부터는 좀 더 적극적으로 움직이기로 마음먹지 않았던가. 그러니 이야기를 하는 것이다.

"말해 보거라."

"표행을 하면서, 그 지역에서 나는 특별한 물건들을 팔고는 하셨지요?"

"음…… 국주인 나는 별로 나서지 않았지만, 표사나 표두들에게는 그게 쏠쏠한 용돈벌이가 되었지."

표국이 있다지만, 물건을 옮기는 데에 많은 노력이 필요한 시대다. 애당초 표국이 있다는 것 자체가 그 반증이다.

그러니 어느 지역에 귀한 물건이나, 특별한 물건은 다른 지역에서 몇 배의 이득을 남겨줄 수밖에 없었다.

'그게 특산물이지……'

표국 사람들은 특산물이 뭔지도 모르면서 본능적으로 이문이 되는 것을 찾아서 용돈벌이를 했다.

그 용돈벌이라는 것의 규모를 운현은 크게 키울 생각이다.

"저는 그걸 특산물이라고 생각합니다."

"특산물(特産物)? 허허. 재미있는 말이구나."

역시 본능적으로는 알아도 단어로는 모르는 듯했다.

"예. 운남에서 나는 차라든가, 사천의 음식, 저 멀리 동쪽의 인삼 같은 것이 그런 물건이지요."

"허허. 그렇게 생각하니 그리 생각이 들 수도 있겠구나.

그걸 어떻게 하자는 것이냐? 판매를 하자고?"

"예. 이미 승정환을 팔면서 판매에 대한 경험은 충분히 하셨을 겁니다."

"흐음…… 승정환이야 사람들이 먼저 찾으니 쉽게 판매를 하기는 했다만은…… 그런 것들이 쉬울까?"

"쉬울 겁니다. 정 안되면 약간의 이문만 남기고 상단에 넘겨도 그 지역 상단은 반길 것입니다."

가져다주는 물건을 판매하는 것만으로도 이문이 남게 되는 일이다.

아무리 운현이 있는 이통표국이 밉보이기는 했다지만, 이득이 되는 일을 상단에서 싫어할 리 없었다.

"다만 먼저부터 말씀을 드리지 않은 것은, 경험이 있어야 시세를 알고 시세를 알아야 후려치기를 당하지 않을 테니까요."

"허허…… 확실히 재미있는 발상이로구나."

"표행이 늘어나는 것도 아닙니다. 가는 길에 있는 특산물을 사고, 오는 길에 적당한 곳에서 팔면 될 뿐인 것이지요."

"표행을 가면서 한 번 돈을 벌고, 오면서 두 번 돈을 버는 것이로구나. 흐음……."

"국가에서 허가를 받아야 하는 품목만 건드리지 않으면 문제가 없을 것입니다. 어떻습니까? 어쨌든 우리 표국은 이래저래 건드릴 상황이 아니니까요."

"좋구나."

어려운 이야기를 한 것도 아니었다. 원래부터 하던 일을 표국 규모로 키우기만 하면 될 일이었다.

쟁자수 몇만 더 고용을 해도 큰 이문이 남을지도 모를 일이다.

'의뢰만 받아서 움직이는 게 아니라, 의뢰 없이도 표행을 하게 되는 셈이지.'

한번 이동에 표행을 두 번 하는 것과 같은 효과.

어쩌면 그 이상으로 이문이 남을지도 모를 일을 하는 것으로 표국은 분명 이득이 남게 될 거다.

운현은 특산물을 이야기하자마자 바로 다른 이야기부터 꺼냈다.

"그리고 이 참에 성과급에 대해서도 조금 바꿔야겠습니다."

"성과급을?"

"예. 영약을 주고, 돈을 챙겨주는 것 이상으로 급을 높여야겠습니다. 의방에도 적이 쳐들어오니, 그 준비를 위해서라도요."

성과급, 쟁자수에 대한 대우, 표사들의 훈련까지.

그가 생각은 해두었으나 말하지 않았던, 혹은 이것으로도 괜찮지 않을까 생각하며 적당히 넘어갔던 것들에 대한 이야기들.

이야기가 계속되면서 이후원은 감탄을 하기도 하고, 때로는 토론을 벌이기도 하면서 운현의 의견을 받아들이고 또 때로는 수정을 해 나갔다.

이후원의 경험과 운현의 개념들이 합쳐져 가면서 표국은 또 새로운 방식으로 태어나고 있었다.

* * *

날뛰는 산적이라는 것은 이제 와서 무림의 일만이 아니었다.

공물행을 노렸고, 그 뒤에 모습을 드러냈으니 이제는 무림의 일이자 관의 일이기도 한 것이다.

성을 맡은 호북성 절도사로서는 당장에 움직이고 싶은 상황.

이대로 있다가는 민심도 잃고, 황궁으로부터 질책 그 이상의 처벌을 받을지도 몰랐다.

토사곽란 때도 그러했듯, 민심이 이반하면 그 희생양부터 찾는 것이 황실에서는 당연한 이야기였으니까.

허나 절도사라 하더라도 당장에 움직일 수가 없었다.

이 묘한 상황에서 군사를 움직이고 보았다가는, 꼬투리를 잡힐 수도 있었기 때문이다. 산적을 잡기 위한 일임에도 어쩔 수 없는 것이다.

우습지도 않지만 관이 돌아가는 방식이란 것이 본래부터 그러한지라, 절도사로서는 발만 동동 구르던 상황이다.

물론 할 수 있는 것은 그도 다 해 보았다.

"황궁으로 상신을 보냈느냐? 일단 움직일 수 있는 병력은 보내 보았고?"

"상신은 이미 보낸 지 오래이옵니다. 북경으로 도착하려면 시간이 걸리겠지요."

"그렇겠지…… 그렇담 병력은?"

"병력은 워낙에 적은지라……"

본래부터 산적을 토벌하기 위해서는 산적 수의 배 이상의 병력을 필요로 할 수밖에 없다.

산적들은 병사들과 맞서기보다는 도망부터 하고 보기 때문.

그들이 산으로 도망을 가던가, 어디 멀리 흩어져 버리면 관군으로서도 달리 도리가 없었다.

그러니 무인들이 펼치는 천라지망 정도는 못되더라도 포위망을 구축하고는 산적을 토벌해야 성과가 있었다.

하지만 절도사가 뒤탈이 없을 정도의 수준으로 보낸, 고

작해야 수백 되는 병력으로는 그게 무리였다.

"후우. 무당이나 제갈가와 협조를 하라 하지 않았더냐?"

"그들도 협조를 해주려고는 합니다만…… 워낙 많은 곳에서 날뛰는 상황입니다."

"제길! 어찌해 호북성에서만 이렇게 요란하게 일이 벌어지는 것인지……."

절도사가 한숨을 내 쉬어 본다.

'이럴 때는 황녀 전하라도 있으면 좋겠군.'

문제가 있을 때면 항시 황녀가 함께해서, 쉬이 해결을 보고는 했었다. 그가 나서지 않아도 황녀가 알아서 해결을 해 줄 정도.

하지만 지금 황녀는 저 멀리 북경에 가 있었다. 그녀가 본래 있어야 할 곳에.

그러니 어쩌겠는가. 황실에 병사를 움직일 수 있도록 허락을 해달라는 상신을 올리는 것 정도가 다인 것이다.

그때다.

"사, 상신이 내려왔습니다."

얼마 전에 보낸 상신이 답이 내려왔다고? 말도 안 되는 소리지 않은가?

"무슨 소리냐?"

"전령님의 말로는 산적이 날뛰자마자 달려왔다고……."
"허어……"

황녀 전하다.

절도사는 서신을 보지 않았어도, 황실에서 이리 빨리 서신을 보낼 수 있도록 배려를 한 자가 누군지 알았다.

'다행이구만. 다행이야……'

어서 가보자고 외치며 절도사가 전령을 향해서 달려 나간다.

다시 들이닥친 산적들을 이번에는 기필코 해결해 내겠다고 다짐을 하고 또 하면서.

第十四章
완성이 되다

더 쉴 수 있지만, 쉴 생각도 없다.

운현은 아버지 이후원과 한참 표국의 변화에 대해서 대화를 나누고서는 바로, 의방을 향해서 직행했다.

그를 대신해서 제갈소화나 남궁미가 뒤처리를 해주고 있었던 덕분이었을까.

며칠 만에 본 의방은 아무런 사고도 없었던 것처럼, 깨끗해져 있었다. 아직 환자만 들이지 않았을 뿐이다.

"오셨군요?"

"왔어요?"

장지민도 침묵하고는 있지만, 어느덧 그가 있는 곳으로

와 있었다. 오랜만에 봐서인지 반가운 기색들이 엿보였다.

"예. 이제 다 나았으니, 움직여야 하니까요."

"부상이 벌써 다 나았을 리가 없잖아요? 얕은 편이라고는 해도요."

그녀의 말대로 몸에 덕지덕지 금창약이 발라져 있다.

얕은 편이라 말해도 무인의 기준에서지, 현대에서였다면 꽤 깊은 상처 취급을 받았을지도 모를 상처다.

'다 나으려면 시간이 꽤 소요되겠지……'

그 시간동안 가만히 있을 수는 없지 않은가.

"일단 거동에 문제는 없습니다. 험한 일은 제가 알아서 피할 터이니, 괜찮습니다."

"그래도 쉬시는 게……."

총관역을 맡은 제갈소화는 뭐가 그리 걱정스러운지, 여전히 걱정스러운 표정이었다.

운현이 자신을 무인이라기보다는 의원이라고 이야기를 하고 다녀서인지, 좀 더 신경을 써주는 기색이다.

하지만 그런 취급도 오늘까지다. 의원이든 무인이든 해낼 것이니까.

운현은 자신의 의지를 담아 굳건한 표정으로 그녀에게 말했다.

"괜찮습니다. 우선은 의방부터 점검을 하도록 하지요."

"……예."

불만스러운 기색이 전혀 없는 것은 아니지만, 그녀는 총관이고 운현의 의방 주인이지 않은가. 따라야 했다.

"으음…… 약초실은 다행히 문제가 없었던 것이로군요?"

"미리 대비를 했으니까요."

"의외로군요. 승정환을 노리려면 약초실부터 노릴 줄 알았는데 말이죠."

역시 이번 산적들의 일에는 뭔가가 있다. 한탕을 하려고 와놓고는 의방의 갖은 귀물들이 있을 약초실을 노리지 않다니.

'웃기지도 않군. 역시 할 일이 많아.'

전이라면 불만이라도 가질 법하지만 운현은, 자신의 할 일을 재확인할 뿐이었다.

"흐음…… 부상자들이 몇이었지요?"

"경상자까지 합치면 백이 넘었습니다. 중상을 입거나, 치명타를 맞아서 무공을 쓰지 못할 분도 꽤 되기는 합니다. 스물이 넘으니까요."

역시 전력이 압도적이지 못하니 되려 피해가 있었다.

"……사망자는요?"

"스물…… 정도입니다. 정확히는 스물셋이지요."

"하아……."

스물셋이 죽었다라. 그리고 스물은 검을 놓아야 하고?

쓸데없는 일에 너무 많은 이들이 다치고 상하였다. 없어도 될 부상자가 만들어졌으니 운현의 속이 편하지는 않았다.

"확실히 보상은 챙겨주었지요?"

"예. 신의님이 몇 번이나 강조하신 건데 잊었을 리가요. 몇 분은 의방에서 일하도록 할 예정입니다."

"다행이네요."

챙길 수 있는 자는 챙겨야 했다. 어차피 일손이 부족한 의방이니 그들을 들인다고 해서 무리는 아니었다.

"그럼 그 다음으로는……."

"의원님."

"어엇? 무슨 일이십니까?"

운현이 한참 제갈소화와 이야기를 나누고 있을 때. 도무지 자신의 자리를 나서는 법이 없던 한춘석이 찾아왔다.

산적들이 쳐들어오던 당시 철질려를 만들고, 여러 함정에 쓰일 도구를 만들어 주었던 그다.

안 그래도 찾아가 보려고는 했지만 지금은 아니었다.

"설마…… 완성하신 겁니까?"

"하핫. 예. 결국 했습니다."

"어디 한번 가보지요."

그에게 새로운 물건을 만들어 달라고 말한 지가 벌써 몇 달 전이다. 드디어 그가 완성을 해낸 듯싶었다.

제갈소화와 남궁미, 장지민도 궁금함을 느낀 것인지 어느 덧 운현의 뒤를 따라오고 있었다.

그가 만들고자 한 것은 바로 냉장고.

어느 회사가 광고에 사용했던 그 냉장고다. 전기도 필요가 없으며, 소설같이 대단한 원리도 필요 없는 것!

대신 여러 가지로 손이 갈 수밖에 없는 물건을 드디어 만들어 내는 데에 성공한 것이다.

"호오……."

모양은 그럴싸했다.

그가 원하는 대로 사각형의 모양이었고, 어딜 보아도 냉기가 빠져나갈 만한 틈은 보이지 않았다.

크지는 않았지만, 분명 냉장고로서의 모습이다.

"어떻습니까? 틈에 들어갈 이음새를 찾아보느라 애를 먹었습니다."

"흐음…… 제가 말한 경첩을 아주 잘 사용하셨군요?"

"예. 그렇다고 해서 전혀 틈이 없는 것은 아니지만, 층층이 이어 붙여서 최대한 틈이 없게 했지요."

"좋군요."

한춘석이 장인이라지만 지금 만드는 물건은 처음 만드는 물건이다. 게다가 시험적인 물건이기도 하지 않은가.

자세히 보면 완벽하지만은 않은 것도 당연했다. 그래도 꽤나 높은 완성도였다.

"의원님이 말씀하신 대로 구리를 이용해서 만들었더니, 금방 시원해지더군요."

"역시. 원리만 알면 간단한 이야기니까요."

둘만의 대화만 계속해서 이어져서일까?

지켜보다 보니 궁금증이 가득 찬 것인지 대화에 끼어드는 법이 별로 없는 제갈소화가 끼어들었다.

"대체 무슨 말인 거지요?"

"하핫. 석빙고랄까요. 그걸 만든 걸 말한 겁니다."

"석빙고요? 이게요?"

"예. 석빙고요."

네모난 모양. 문 같은 것이 달렸지만, 정사각형인 것을 제외하고는 별달리 대단해 보이는 것은 아니었다.

그런데도 이게 석빙고의 역할을 한다고?

제갈소화는 대체 무슨 말을 하는 것인가 생각을 하면서 운현에게 더 설명을 요구하는 눈을 했다.

"음…… 그러니까 쉽게 설명하자면 이런 겁니다. 태양 아래에 물을 쏟아두면 어떻게 되지요?"

"태양빛에 없어지지요."

기화라는 말까지는 아직 개념이 잡히지 않은 건가. 아니면 이 시대에는 잡학으로 분류된 지식이어서일까.

"저는 그걸 기화(氣化)라고 표현했습니다. 액체가 기체가 되는 거지요."

"기체요?"

"독연이라든가, 안개, 그런 게 다 기체라는 것 아니겠습니까."

"으음…… 그런 걸 기체로 표현하시는 거군요. 그게 물로부터 나온 것이고요."

"예. 당장 몇 달 전 내리던 비만 하더라도 기체화된 구름에서 내린 것이니까요."

"여러 설명이 필요할 거 같기는 하지만…… 일단은 넘어가지요."

삶의 지혜들은 많이 쌓여 있지만, 어떤 계량화된 지식은 적은 중원이다.

그러니 이런 지식을 말하면 이해는 가능해도, 그 개념이 어디서 나왔는지는 분명 궁금할 것이다.

"예. 어쨌든 저는 이 기화라는 것을 이용했습니다."

"그래요?"

아무래도 기화를 이해시킨다고 하더라도 그 이상의 이해

는 어려운 듯했다. 아니면 받아들이는 데 거부감이 있거나.

마침 운현은 더 쉬운 설명법이 생각났다.

"이 설명이 더 쉽겠군요. 수련을 한참 하면 땀이 나지요."

"예."

"그 땀이 시간이 지나 없어지게 되면 어떻지요? 시원하게 되지요?"

"음…… 그렇지요?"

"그걸 이용한 겁니다."

"대체 저 석빙고란 것과 그것이 무슨 상관인지……."

"아아."

분명 석빙고를 한번이라도 가 봤다면 이해가 빨랐을 터인데, 그곳에서 어떤 식으로 얼음을 보관하는지 알면 이야기가 쉬웠을 거다.

"백문이 불여일견이라고 한번 보는 것이 낫겠지요. 미리 준비는 되었지요?"

"물론입니다!"

냉장고의 안을 열어보니 그 안에는 미리 준비를 해두었는지, 그릇에 물이 담겨져 있었다.

"만져보시지요."

"와아?"

"시원해."

곧 가을이라곤 해도 아직 여름이 완전히 지나지 않았다.

기온이 좀 떨어지기는 했어도 꽤나 시원함이 느껴지는 물이었다. 처음 보는 상자에 있던 것이 어찌 이런 효과를 낸단 말인가.

"간단한 겁니다. 저 냉장고 위에 물을 계속해서 뿌려주게 되면 햇빛이 기화를 시키지요."

"그러면 열을 뺏어 간다는 건가요?"

"예. 그런 거죠. 주변이 계속 차갑게 되면……."

전도율 같은 것을 또 설명할 수는 없지 않은가. 그냥 단순하게 나가는 것이 나을지도 몰랐다.

'쉬운 개념도 설명을 하려니 어렵군.'

운현은 그리 생각하면서 설명을 이어 나갔다.

"이 석빙고의 안도 차갑게 되는 겁니다. 그리 되면 자연스럽게 안에 있는 것들도 차가워지게 되는 것이구요. 게다가 이것이 사방이 막힌 덕분에 더 오래 차가움이 유지됩니다."

"물만 뿌려주고…… 태양빛만 있으면 된다니…… 뭔가 신기하네요. 아니 굉장히 신기해요."

"하핫, 그렇게 봐주셔서 감사합니다."

어차피 자신으로부터 나온 생각이 아니다. 이런 쪽에서 일을 했던 자신이 아닌데 아는 것이 이상하지 않는가.

전생에 한 기업이 전기가 없는 곳의 사람들을 위해서 만든 냉장고를 따왔을 뿐이다.

하지만 그것만으로도 제갈소화는 충분히 놀란 듯했다.

"그런데……."

"음?"

"이 석빙고도 석빙고지만…… 한빙석을 구하면 좀 더 쉽게 되지 않았을까요?"

"으음…… 그것도 확실히 효과는 있긴 하겠네요."

한빙석이라니. 홀로 냉기를 뿜어 낼 수 있는 귀물이지 않은가. 귀하기는 하지만 그런 귀물이 실제 있다고는 들었다.

"예. 제갈가에서도 몇 개 있어서 보았는데, 꽤 신기한 거였죠. 이런 것에도 넣어만 두면……."

"확실히 효과는 있을 겁니다. 하지만 역시 문제는 희귀성 아니겠습니까?"

"희귀성이요?"

"예. 제갈가에서도 몇 개가 겨우 있을 정도라면…… 제가 구하기는 얼마나 어렵겠습니까? 하핫."

"으음…… 귀하기는 하지요."

귀한 정도가 아닐 거다. 한빙석이 괜히 귀물이 아닌 것이다.

전생의 소설에서야 그런 것들을 쉽게 쓰고는 하지만, 이곳에서는 하나 구하려고 해도 금자로 얼마를 써야할지 모를 것이 뻔했다.

'분명 넣으면 효과야 있기는 하겠지만……'

아쉽게도 자신으로서는 무리다.

"그러니 냉장고가 여럿 필요하고, 앞으로도 생길 의방에 많이 만들어 둬야 할 저로서는 힘든 일이지요."

"흐음…… 그리 말씀을 하시니 이해는 가네요."

"하핫. 예. 그리고 이 정도로도 충분히 활용을 할 수는 있을 테니까요."

냉장고가 완성되었다. 이것을 이용하면 자신이 전에 하지 못했던 많은 연구들을 할 수 있게 된다.

신선함 보존, 오랫동안 보관 가능한 보관성이라는 것은 그 정도의 가치가 있었다.

"이 정도로는 조금 작기는 한데 몇 대나 만드실 수 있겠습니까?"

"한 달에 두 개 정도는 되지 않을까 싶습니다. 다만 물을 주기적으로 뿌려줄 사람도 필요한데……."

"그거야 제가 해결해야 할 일이지요. 그럼 부탁드리겠습니다!"

"오랜만에 재미있는 물건이니, 얼마든지 만들도록 하겠습니다."

장인 한춘석과 운현의 대화가 이어지고 있을 때.

제갈소화나 남궁미는 그 둘의 대화를 보면서 눈을 빛내고 있었다.

'역시 신기한 사람……'

'석빙고라. 거기다 희귀성이나 기화 같은 개념…… 분명 뭔가 있는 사람이다. 신의 정도가 아닐지도……'

냉장고를 만들어낸 운현에게 더더욱 깊은 호기심을 드러내게 된 것이다. 어쩌면 그에 관한 관심이 한층 깊어진 것일지도 몰랐다.

그렇게 운현은 한춘석의 노력 덕분으로, 전생에서도 간접적으로 보았던 전기가 필요 없는 냉장고를 얻을 수 있게 되었다.

이 다음으로 할 일은 이미 정해진 지 오래. 다만 냉장고가 없어서 하지 못했을 뿐이었다.

'이 다음은…… 곰팡이 연구겠지. 후후.'

자신이 생각한 대로 연구를 하고 만들어 낼 수만 있다면, 아주 획기적인 일이 가능하게 될 것이다.

오랜만에 의방에서 있던 일을 잠시 잊고 만족스러움으로 웃을 수 있는 운현이었다.

      * * *

호북성의 일은 전혀 상관이 없다는 듯 황궁은 여전히 조용했다.

그녀가 처리를 해 둔 것도 있겠지만, 호북에만 일이 국한되어 일어나는 상황이니 조용한 나날일지도 몰랐다.

중원 전체로 난이 일어나지 않으니 별달리 신경을 쓰지 않고 있는 것이다.

그럼에도 황녀는 무언가 마음에 걸리는 바가 있는 것인지 그 고운 아미를 조금 찡그리고서는 생각에 잠겨 있었다.

자신의 부덕, 황실의 부덕으로 자신의 어머니가 아플 것이라 여긴 그녀로서는 평화롭다 말해지는 현 상황이 마음에 들기만 할 리가 없었다.

호북에서 난리가 나고, 저 멀리 북에서는 오랑캐가 날뛴다고 하는데 무슨 평화란 말인가?

북경에 있는 관리들이 눈과 귀를 흐리려 하고 있지만, 본질은 지금 중원이 평화롭지만은 않다는 것이다.

그리고 그것은 나라를 다스리는 황실의 일원인 자신의 부덕이며, 어머니인 황후의 병에 원인이었다.

운현이 들으면 말도 안 되는 소리라 여길지 모르지만 그녀는 그리 생각했다.

매일 같이 들르는 황후의 방을 다녀온 그녀는, 결국 결심을 한 듯 자신의 호위무사 영훈에게 말하였다.

"다시 호북에 가야겠군. 공물의 때도 슬슬 다가 올 것인데다가, 무당의 도인들에게 인사도 올리는 게 좋지 않겠는가?"

"벌써 말입니까? 폐하께서도 허락지 않으실 가능성이 높습니다."

황제가 아무리 황녀를 어여삐 여긴다지만, 황실에는 황실의 법도가 있는 법니다.

가까이 북경에 있는 절이나 도원을 찾아간다고 하면 모를까, 또 다시 저 멀리 호북으로 가는 것에는 반대를 하실지도 몰랐다.

"저번에 받은 망원경으로 꽤 만족을 하셨던 폐하시지 않은가?"

"그것과 지금의 방문은 다른 문제로 보실 겁니다."

"그러한가…… 그래도 가봐야 할 듯하다. 여러모로 호북의 일들이 신경이 쓰이는 구나."

"전하……."

황녀 주아민을 가장 최측근에서 모시고 있는 영훈이지 않은가. 그녀가 생각하는 것이 무엇인지 모를 리가 없었다.

'신의께서도 부덕 때문에 일어날 병이 아니라고 말씀을 하셨는데…… 후우.'

깊은 효심이 문제이겠지.

"방법을 마련해 보게나. 아니면 폐하를 설득할 만한 수를 내거나."

"……명을 받들겠습니다."

황녀 주아민이 호북으로 움직이기 위한 시동을 슬슬 걸고 있었다.

第十五章
시일이 흘러가다

　시간이 쏜살같이 달려 나간다는 말은, 한 점의 쉼도 없이 시간이란 것이 지나가기에 하는 말일 것이다.
　언제나 공평하게, 느리지도 빠르지도 않게 흘러가는 것이 시간이었으니 그것은 등산현에도 통용되는 일이었다.
　의방에서의 일이 있고 나서 몇 달이란 시간이 슥—하고 흘러가 어느덧 공물을 보내야 할 때가 왔었다.
　이번의 공물은 곧 세금.
　현이 발전한 데다가, 운현이 따로 챙겨준 바가 있어 전 이상으로 많은 세금을 보낼 수 있었기에 오랜만에 현령의 얼굴도 전에 비해 밝아 보였다.

거기에다가.

"승정환도 함께 진상하도록 하자꾸나. 절도사님에서부터 시작해서 여러모로 많은 분께 하면 좋겠지."

"미리 준비하도록 하겠습니다."

이후원의 요청에 따라 운현은 공물행에 더해서 승정환도 따로 챙겨주었다.

이 시대에 관의 일을 맡은 자는 대부분 남성이니, 좋은 정력제로 알려진 승정환을 진상하게 되면 꽤 좋은 점수를 받을 것이 분명했다.

'관에서 사는 사람들이 승정환보다 좋은 것을 못 먹어 봤을 리는 없겠지만……'

기분이라는 게 있지 않은가.

결과론적으로 공물행을 통해서 전해진 승정환은, 좋은 게 좋은 거라고 받는 이들마다 만족을 해 표해주었다.

표행에서 상행도 같이 병행하는 것에 대해서 상단으로부터 압박을 받은 관리들이 은근슬쩍 불만을 표하던 것도 다시 사그라들 정도의 효과였다.

"허허…… 매년 올리면 아주 좋아하겠더구나."

"따로 영약들을 구해서 더 좋은 재료로 만들어서 보내지요. 다음부터는요."

"그래. 그럼 그것으로 부탁을 하마."

역시 승정환 같은 것이라는 것은 예나 지금이나 효과가 아주 좋았다.

그렇게 공물행을 성황리에 마치고서도, 겨울이 왔을 때도 표국의 사람들은 움직이기를 멈추지 않았다.

본래부터 겨울에는 다른 때에 비해 표행이 아주 줄어드는 법임에도, 휴식보다는 움직임을 택한 것이다.

"금갑괴공을 더 끌어 올려야 한다! 이번 겨울의 목표다."

바로 수련이 그 목적이었다.

황녀가 내려 주었던 금자를 종자돈 삼아 크게 성장한 표국이다. 그 뒤로 표행이 몰려오고 승정환도 판매하면서 성세를 자랑했음은 당연한 이야기였다.

하지만 딱 거기까지였다.

표국이 이대로라면 크게 성장할 것이라는 생각은 우물 안 개구리와 같은 얕은 생각밖에 되지 못하였다.

많은 수를 자랑하기는 했다지만, 녹림채도 아닌 산적들을 상대로 사망자가 나왔고 부상자가 나왔다.

대다수는 문운파도 표국의 사람들도 아닌 형의문의 사람들이기는 하였다. 의외로 실전이 처음인 자가 많았다.

하지만 형의문이든 어디든 상관없이 그들은 아군이었지 않은가.

자신들의 힘이 조금만 더 강했더라면, 좀 더 강한 무공을 가졌더라면 희생자가 적을 것이라는 것을 모두 알고 있었다.

그렇기에 휴식만 취하기보다는 좀 더 강도 높은 훈련을 선택하였다. 국주인 이후원도 찬성을 했을 정도다.

"제대로 움직여! 더치라고! 더!"

"끄아아악. 젠장!"

다만 금갑괴공을 집중적으로 익힌 덕분에 그 배경이 아주 괴랄하기는 하였다.

약을 바르고, 그 약력을 이용해서 매질에 버티는 것이 금갑괴공의 본질이지 않았던가.

그런 금갑괴공을 좀 더 익힌답시고 매질을 매일 해대니, 흡사 단체로 고문이라도 하는 것이 아닌가 하는 진풍경이 펼쳐졌다.

하지만 표국 사람들 모두는 알았다.

이렇게 한 번 있는 매질이 언제고 있을 적의 무기를 막을 수 있다는 것을. 미리 맞은 매질로 적을 쉽게 막을 수 있다는 것을 말이다.

아래가 노력하는데 위라고 해서 가만히 있을까.

표사들이 금갑괴공을 집중적으로 익히고 있을 때, 표두와 국주 이후원은 그 나름의 노력을 하였다.

"오랜만입니다. 국주님."

"허헛. 어서 오게나!"

절정에 이른 고 표두와 이후원은 둘의 끊임없는 대결과 교류로 실력을 더 쌓기 위해 노력을 해 나갔고.

"젠장 서러워서…… 어서 절정이 되든가 해야지. 어서 하자고!"

"그러지."

절정이 되지 못한 다른 표두들은, 아래에서부터 치고 오는 표사들에게지지 않고자 각자의 무공을 더욱 깊이 수련해 나아갔다.

모두가 쉬는 겨울이지만 이통표국만큼은 더 앞으로 나아가기 위해 절차탁마하고 있는 것이다.

* * *

변화는 의방이라고 해서 없지 않았다.

우선은 운현의 의방에 잠시 뿌리를 내리고 있던 남궁가의 무사들이 새로운 보금자리를 얻은 게 가장 큰 변화였다.

"여기서부터 동태를 파악하면 될 것입니다. 그때의 일의 진상을 더 파악할 수 있겠지요."

"사파의 영역까지 너무 넘어가면 안 된다."

"물론입니다. 다들 그 정도는 알고 있으니, 큰 문제가 되지는 않을 것입니다."

거창하게 지부를 설치한다거나 하지는 않았다. 아니 정확히는 이곳에 남궁가의 지부를 세울 수는 없었다.

호북은 제갈가와 무당파의 영역이니 그런 일을 하려면 많은 양해를 구해야만 했다.

대신에 얕은 눈가림일지는 몰라도, 적당히 머무를 곳을 구한다는 핑계로 장원을 구하고 조심히 움직여 나갈 뿐이었다.

비밀스럽게만 움직인 것이 아니기에 무당이나 제갈가에는 이미 소식이 들어갔을 터.

다만 남궁가가 그들의 자존심을 건드리는 것도, 영역을 침범하는 것도 아니기에 침묵을 해줬을 뿐이다.

"다섯씩 움직이면서 그대로만 조사를 하면 될 것이다."

"예!"

과연 남궁가의 움직임이 새로운 불란의 씨앗이 될지, 문제의 해결이 될지 지금으로서는 모르는 일이었지만, 그렇게 그들은 그들의 방식으로 움직여 나아갔다.

의방도 변화는 분명 있었다.

"의원님. 이 정도면 괜찮겠지요?"

"아무렴요. 신의님보다는 못 한 저지만 이 정도는 믿으시지요!"

"어이쿠! 못 믿을 일이 또 무에 있겠습니까. 믿습니다. 믿어요."

정상에 오른 정도가 아니라, 운현이 모은 새로운 의원들이 의방의 영역을 각자 담당하고 있었다.

하오문의 소개로 가장 초기부터 의방에 찾아온 자들의 교육이 끝난 덕분이다.

의원으로서의 정신만큼은 고매한 그들은 바로 치료를 하러 나서기를 원했고, 그 결과가 지금의 결과다.

그들은 자신들이 배운 의술을 펼치기 위해서 의방의 손님들을 정성으로 치료하려 애를 썼다.

비록 운현에 비해서 외과 수술이라든가 하는 부분은 부족했다지만 잔병치레나 제법 중한 병들은 치료를 할 줄 알았다.

운현의 수업과 더불어 흑점에서든 하오문이든 닥치는 대로 구해다 준 의서들을 통해 의원들이 노력을 한 덕분에 얻은 성과였다.

"흐음……."

게다가 한춘석이 냉장고 여러 대를 만들고 난 이후에 의료기구를 바로 만들어 준 것도 도움이 되었다.

인간이 도구를 이용하면 좀 더 편한 법. 한춘석의 도구로, 좀 더 쉬이 진료를 하는 것도 크게 한몫했다.

내부에서 변화가 있으면 외부에서도 변화가 있는 법.

운현이 있는 등산현을 제외하고 호북성에서는 겨울임에도 크게 움직이는 자들이 여럿 있었다.

"허헛. 오랜만에 뵙습니다. 도장님들도 함께하시는 겁니까?"

"오랜만이지요. 시절이 수상하니, 저희 같은 도인들도 나설 수밖에요. 무량수불."

가장 산적들의 난횡이 많은 서쪽을 제외하고 동쪽이라든가, 남쪽은 유랑의 의미로 움직이던 무당파.

지원당이 한 여러 번의 실수 이후로 상황을 '전세'로 놓고 움직이던 제갈가가 관군에게 합류했다.

"와주셔서 감사하오. 서장군 한청이라 하오."

약을 하고 있는 산적들이 횡행하는 호북성을 정리하기 위해서 두 문파와 군이 나서게 된 것이다.

본디 겨울이면 사정이 나아질 법하지만, 이번에는 무슨 일에서인지 산적들은 쉬지 않고 날뛰었다.

그나마 다행인 점이 있다면 하나.

겨우내 이동길이 여의치 않아 날뛰는 장소에서 날뛰고 있을 따름이지, 전처럼 크게 뻗어나가며 사방팔방 날뛰지 않는다는 점이다.

"상황이 어떻게 되는 것입니까?"

"서쪽은 이제 잠잠해졌소이다. 그들이 약탈할 만한 곳이 적어서라 여기고 있소."

"……무량수불. 많은 이들이 죽게 된 것이로군요."

"그렇소."

"안타까운 일이로군요."

서장군 한청. 그는 호북성을 담당하고 있는 장군이었다.

직급상은 절도사의 아래지만, 명령은 오직 황궁의 명을 따르는 자이므로 절도사가 운용치 못하는 자기도 했다.

"해서 가장 많은 문제가 있는 곳은 서쪽이 아니라 북쪽이오."

"흐음…… 동쪽에 신의를 노리고 공격하던 자도 있지 않았습니까?"

불과 얼마 전, 신의의 의방을 공격해 온 것은 꽤나 충격적인 사실이었다. 덕분인지 호북 내에 크게 소문이 퍼진 상황.

다행히도 의방 사람들과 표국 사람들이 산적들을 물리치기는 했다지만, 동쪽에 치우친 의방에도 산적이 쳐들어온다는 건 꽤 큰 충격이었다.

말 그대로 사방팔방에서 언제 산적이 올지 모른다는 소식이기도 하였으니까.

"그때의 산적들은 특수했소이다. 처음부터 신의를 노리고

간 듯하더군. 다른 곳은 약탈도 하지 않았소."

"크게 노린 것이로군요."

"그렇소. 뭔가 꺼림칙한 것이 있어 따로 조사를 하고는 있지만 아직 더 밝혀진 건 없소이다."

관의 인물로서 제갈가의 사람에게 존대를 할 수는 없기에 하오체를 쓰고는 있지만, 제법 자세히 알려주는 한청이다.

제갈가나 무당파의 사람들에 대해서 예우를 하는 것이다.

"흐음. 그럼 가장 먼저 정리를 해야 할 곳은 역시 북쪽이겠군요?"

"그렇소. 어차피 그들의 무력이 대단한 것이 아니라, 날뛰는 것이 문제였으니 정리는 쉬이 될 것이오."

"그리 예상이 되기는 합니다만……"

제갈가나 무당파에게는 이제부터가 중요했다.

지금부터 토벌을 위한 작전이라는 것이 짜여질 터.

한 명의 무인으로서가 아닌 문파라는 집단을 이끄는 그들로서는 자신의 문파원이 크게 희생이 생기지 않을 방향으로 이끌어야 하는 것이다.

정파를 지키고, 민심을 수습하는 것도 좋지만 실질적인 피해를 막아야 하는 것도 그들의 일이었다.

"우선은 작전은 단순하오. 포위 뒤에 섬멸이오. 그에 대해서는……"

"우리 제갈가의 지원당에서 새로 전략을 짜왔는데 이건 어떻겠습니까?"

"무량수불…… 가능하면 이런 방법도 있겠지요."

산적들을 처리하는 작전을 놓고 그들의 줄다리기가 본격적으로 시작된다.

일견 분열되어 있는 모습으로 보일 수도 있지만, 일에 경험이 많은 그들답게 분열이라든가 하는 싸움은 이뤄지지 않았다.

관군으로서도, 문파로서도 적당히 양보할 것은 양보하고 얻을 것은 얻어가면서 작전을 짜 나아갔을 뿐이다.

"쳐랏!"

"모두 섬멸하랍신다!"

그리고 그 결과로, 몇 달을 두고 날뛰던 산적들을 관군과 제갈, 무당의 사람들이 정리를 해 나아갈 수 있었다.

본격적으로 나섰으니 이르면 겨울 내에, 늦어도 봄까지는 그들을 처리하는 것에 성공할 수 있으리라.

그렇게 호북의 사람들은 잠시지만 평안을 찾아가는 듯하였다.

*　　*　　*

겨울임에도 내외부에서 활발한 움직임이 더해지고 있을 때. 운현이라고 해서 가만히 상황을 지켜보기만 한 것이 아니었다.

"결국은 돌고 돌아 기로군."

전이라면 시간을 줄이려고 애를 썼던 무공 수련의 시간을 대폭 늘렸다.

급한 외과 환자들을 제외하곤, 대부분의 치료는 그가 아닌 다른 의원들이 해줄 수 있는 덕분에 생긴 시간을 무공에 할애한 것이다.

고 표두의 무공 수련법을 무시하는 것은 아니지만, 그는 그만의 방식을 더했다.

"이대로라면…… 최소한의 내공 정도는 금세 얻을 수 있겠지."

당장에 깨달음을 얻을 수는 없지 않은가. 깨달음이라는 것은 얻고 싶어도 얻어지는 그런 것이 아니었다.

때가 되어야 했고, 준비가 되어야 했다.

하지만 기는 달랐다. 정확히는 그가 사용하는 내공이라는 것이 달랐다.

"깨달음은 노력으로 안 돼도…… 내공은 가능하지."

오행환을 만들어서 선천생공으로 쌓아가는 내공의 양을 늘려나갔던 그이지 않은가. 덕분에 배에 가까운 능력을 내기도 했다.

하지만 그것으로는 부족했다.

선천진기를 쌓아주는 선천생공은 다른 여타 무공들에 비해서 쌓는 속도가 괴랄할 만큼 느렸다.

두 배 가까이 속도를 올렸음에도, 구대문파의 일류무공만 못했다. 그걸 운현은 다른 방식으로 때우기로 했다.

정확히는 여타 문파의 후기지수들에게나 사용할 만한 방법들을 사용했다고도 볼 수 있으리라.

'영약을 수급해서 최대한 활용한다.'

영약을 먹어 내공을 쌓는 것.

후기지수들 중에서는 다들 사용하는 방법이며 그 방법을 통해서 그들은 나이 이상의 내공을 얻는다.

운현도 실제 황녀가 준 자소단 덕분에 많은 내공을 얻은바가 있었다. 그것을 본격적으로 하려고 하는 것이다.

거기에 운현은 자신의 방식을 더한 것이다.

'내 방식으로 영약들을 사용하면 전보다 훨씬 효율적이게 되겠지.'

금갑괴공을 연구하면서 얻었던, 약력을 좀 더 쉽게 흡수하게 만들 수 있었던 비결을 가장 처음 더했다.

둘째로는 승정환을 만들면서 얻은 기에 관한 깊은 기감을 이용하여 좀 더 세밀하게 영약을 다룰 수 있는 감각을 이용했다.

마지막 셋째는.

"결국 영약 같은 것을 환으로 만드는 것은 생약으로 보관하기 어려워서인 이유도 있다."

자신이 만든 냉장고를 본격적으로 이용한 것이다. 게다가 그는 생약이라는 개념도 함께 넣었다.

사용하기에 따라 환보다도 생약의 약효가 높게 쳐지는 것은 당연한 이야기지 않은가.

웅담(熊膽), 꿀(蜂蜜), 사향(麝香)에서부터 시작해서 영사(靈砂)에 이르기까지.

생약으로 사용되는 것은 많았다. 다만 문제는 그 보관이 용이치 않다는 것이 문제!

'냉장고를 활용하면 그런 문제는 다 해결 가능한 문제지. 보관 기간을 확 늘릴 수 있으니까.'

게다가 그는 현대에서도 사용하던 여러 보관법을 알고 있었다.

그것을 잘만 활용하면 생각보다 쉬이 영약의 능력을 강화시킬 수 있을지도 몰랐다. 아니, 가능해야 했다.

그래야만 좀 더 강해질 수 있을 테니까.

"사람이 깨달음 없이 얻을 수 있다고 하는 내공의 양은 최대 이 갑자였지."

조사를 통해서 알기로 최대 이 갑자였다.

나중에는 천지와 교류하며 무한히 내공을 쓸 수도 있다지만 그런 고매한 경지는 당장 바라지도 않았다.

다만 다른 계산은 가능했다.

"보통 내공의 이 갑자와 선천진기의 이 갑자는 그 질이 다르지."

선천진기가 강한 것은 그 누구나 알고 있다. 다만 효율성의 문제로 선천진기를 수련하지 않을 뿐이다.

하지만 효율을 따지지 않고, 한 개인에게 계속적으로 영약이 보급되게 되면 어찌될까?

의술을 배운 의원이라는 힘을 이용하여 영약을 직접 만들게 되면 좀 더 효율적으로 쌓을 수 있지 않을까?

지금까지야 자신 하나에게 많은 돈을 들이는 것이 염려되어 하지 않은 방법이지만, 결심이 섰으니 얼마든 쓸 수 있는 방법이었다.

"승정환으로 번 돈이 수백 금 깨지기는 하겠군. 대부분이 들어갈지도……."

분명 많은 돈이 들 거다. 어지간한 문파에서 후기지수에게 투자할 만한 돈보다도 더 들지도 몰랐다.

영약을 이용해서 내공을 잔뜩 만들어 내는 것은 기연이라 할 만한 것을 얻은 자들이나 할 수 있는 일이지, 인위적으로 하긴 힘든 일인 것이다.

하지만 상관없었다. 그에게는 새로이 돈을 벌 만한 방안들이 여러 가지로 있었다. 그 처음은.

"보관이지. 그리고 약."

보관도 중요하다. 하지만 그는 의원.

가장 중요한 것은 새로운 약에 있었다. 냉장고를 만들기 이전까지는 만들지 못했던 약을 연구할 생각인 그였다.

곰팡이로부터 얻을 수 있는 약.

시작은 페니실린부터.

그것을 중원에 다시금 만들어 낼 수 있다면, 기적의 약이라 불릴 수 있는 그 약을 연구해 낼 수 있다.

아니, 연구까지도 필요 없다.

처음 페니실린을 만든 플레밍이 우연하게 발견하여 연구를 한 것 이상으로 자신의 연구는 쉬울 것이다.

'방법은 어느 정도 생각해 둔 게 있으니까. 시행착오 정도겠지.'

게다가 냉장고가 있음으로 만들어 둔 후에도 보관이 용이하게 된다. 그 정도면 충분하지 않겠는가.

자신의 진기를 사용하지 않고, 직접적으로 항생제를 만들어 낼 수 있게 되는 것이다. 자주 사용하게 되면 좋지 못하지만, 아주 없는 것보다는 훨씬 나을 터!

그것이 혁신의 시작이었다.

"생약에서부터 페니실린에…… 그밖에도 할 것은 많지. 냉장고 기능도 좀 더 보완하면 좋겠고."

의지를 세우고 좀 더 본격적으로 움직이기로 마음을 먹으니, 어두워졌던 시야가 밝혀지듯 생각나는 것은 많았다.

그러니 운현이 자신에게 큰 투자를 할 수 있는 것이다. 쓰는 만큼 벌어낼 자신이 있었으니까.

또한 끊임없이 자신에게 투자를 해 나가면서도, 자신의 꿈인 명의가 된다는 꿈을 위해서 나아갈 수 있음을 알기에 자신감을 가질 수 있었던 것이다.

"우선은 하나씩, 하나씩……."

하나씩 해 나가다 보면 많은 것이 쌓여 언젠가는 명의라 불릴 만한 인물이 되지 않을까? 가족을 지켜줄 수 있는 힘을 가지는 것도 가능하게 되지 않을까?

안 될 것이 없었다.

무(武)로서도, 의(醫)로서도 매진해 나가기 위해서 그가 눈을 밝히고 있었다.

〈다음 권에 계속〉

DREAMBOOKS

DREAMBOOKS

DREAMBOOKS